Robert Hamerling

Perikles

Der Bandkrämer von Halimos
Der Diskoswurf
Die Seeschlacht
Die Panathenäen
Die Schule der Aspasia

Werner Kornmann
Winterbach

Dieses Taschenbuch enthält ausgewählte Kapitel
aus dem Roman „Aspasia“, erschienen
im Jahr 1995 bei Werner Kornmann.
(ISBN 3-934399-03-7)

Umschlag: Uhlig + Uhlig, Buochs NW

November 2000
ISBN 3-934399-08-8

Der Bandkrämer von Halimos

Als der Staatsmann Perikles und sein Freund, der weise Anaxagoras, das Haus des Perikles verlassen hatten, gingen sie die Straße, welche vom großen Theater des Dionysos am Fuße des Südabhangs der Akropolis hinführte, hinunter, und wendeten sich dann nordwärts, um die Straße einzuschlagen, die zwischen dem westlichen Abhange der Akropolis und dem Hügel des Areopag bis zur Agora hindurchlief.

Nun hatten sie ihr Ziel erreicht. Sie standen auf der Agora.

Weithin dehnt sich im Stadtbezirke des Kerameikos dieser Mittelpunkt des athenischen Lebens und Verkehrs. Er liegt wie geborgen in der Hut der sämtlichen Hügel Athens: auf der Seite des Mittags hat er den schroffen Fels des Areopag und die Akropolis, auf der abendlichen Seite den Nymphenhügel, an welchen in mittäglicher Richtung die berühmtere Höhe der Pnyx sich schließt, mitternachtwärts liegt die mäßige Erhöhung, welche den Tempel des Theseus trägt, und im Nordwesten grüßen die Hänge des gefeierten Kolonos herüber.

So blicken alle die sagenberühmten und geheiligten Höhen Athens hinunter auf die Agora.

In ihrer Mitte ragt der Altar der zwölf großen olympischen Götter. Hier erheben sich ferner die ehernen Standbilder der zehn sagenhaften Stammesheroen des attischen

Volkes und Landes. Angesichts dieser Standbilder der Stammeshelden ist jedem der neun Archonten, dieser ehrwürdigsten, obrigkeitlichen Männer Athens, die Stätte seiner öffentlichen Wirksamkeit im Banne der Agora zugeteilt. Hier steht auch die Mehrzahl der Gerichtshöfe; hier die Versammlungsörter des Rates der Fünfhundert: das Bouleuterion, und das mit einer Kuppel bedeckte Rundgebäude des Tholos.

Dichter als gewöhnlich wogt heute der Volksschwarm vor diesen Versammlungsorten. In den Tholos sieht man eilig die Prytanen gehen, jene Männer, welche der eben amtierenden Abteilung des Rates angehören. Auch viele andere obrigkeitliche Personen werden über den Platz hinschreitend gesehen. Man beachtet sie wenig. Nun aber kommt Perikles, der Stratege. Auf ihn sind sogleich die Augen aller gerichtet. Er verabschiedet sich von seinem Begleiter Anaxagoras und geht in den Tholos zu den Prytanen. Er hat mit diesen Männern, welche die Gegenstände der Volksversammlung zuvor beraten und in ihr selber den Vorsitz führen, noch einiges für den heutigen Tag zu besprechen.

Auch stattliche Tempel ragen im Umkreise der weithin sich erstreckenden prangenden Agora der Athener, und es dehnen sich in edlem Schmucke der Kunst prangende Hallen.

Aug-erfrischend wirkt inmitten dieses weiten Kreises von sonneglänzenden Zinnen und Säulengängen das Grün der Platanen, welche, als ein dankenswertes Erbe Kimons, die sommerliche Schwüle der Agora dämpfen und wohltätig ihr heißes Getümmel beschatten.

Unter Rutengeflechten, die vor Regen und Sonne schützen, entfaltet in zahllosen Buden sich der buntfarbige, duftige vielgestaltige Reichtum des athenischen Marktes.

Lauch und Lattich, und Kümmel und Kresse, und Thymian und Honig, und Rind und Fisch, Geflügel und Gewild – verdienen sie einen Blick, weil sie uns auf dem Markte des alten Athen begegnen? Warum nicht? Was unter Attika's Himmel reift, ist von edler Art, und die griechische Sonne hat es gewürzt mit feineren Säften.

Auch die Nachbarn liefern ihr Bestes auf den Markt von Athen. Dies zarte, saftige Gemüse hat Megara gesendet. Diese Gänse, diese ausgesuchten Wasserhühner, und Strandläufer kommen aus dem fetten Böoterlande.

Schier das größte Getümmel des Marktes aber drängt sich dort um die geschuppte Wasserbrut. Vom billigen Salzfisch, dem Wohlfeilsten, was es gibt, und der doch, mit Öl bestrichen, in gewürzhafte Blätter gewickelt und in heißer Asche gebraten, trefflich schmeckt, bis zum gepriesensten und teuersten Leckerbissen dieser Gattung, dem Böoter-Aal, ist hier alles ausgelegt, was in den hundert Golfen der vielgezackten griechischen Küsten Genießbares und Leckeres wimmelt. Diese Sardellen da aus der nahen Bucht von Phaleron sind so zart, daß sie, um fertig gebraten zu sein, das Feuer, sozusagen, nur zu sehen brauchen.

Wer nicht Lust hat, den Rohstoff des Mahles nach Hause zu tragen, der kann am Orte sein Verlangen stillen. Nach dem Geruche zu schließen, ist selbst der saftige Eselsbraten dort nicht zu verachten, sein Verkäufer rühmt wenigstens das Bauchstück als einen Leckerbissen. Der Nachbar bietet freilich mit hellaustönender Stimme die ganze Beredtsamkeit des Griechen auf, um zu beweisen, daß sein Ziegenfleisch den Vorzug verdiene, und daß es das nahrhafteste von allen Arten Fleisches sei und eine wahrhafte „Athletenkost".

Willst du dich dem Fleisch- und Blutgedüft entziehen – an welchem übrigens doch selbst die opferfrohen Olympier ihr Wohlgefallen haben – und verlangst du dich an feineren und zarteren Düften zu erlaben, so begib dich dort hinüber nach der Stelle, wo die schalkhaften Blicke einer Kranzwinderin oder eines rosigen Knaben dir winken. Der Athener liebt die Kränze in unglaublichem Maße. Sie begleiten ihn vom Mutterschoße bis zur Gruft. Mit Kränzen schmückt sich zu Athen nicht bloß der Ruhm, die Liebe, der Tod, die Freude, und jede Art von Festeslust; nicht bloß der Zecher umwindet seine Stirn, ja seinen ganzen Leib mit Kränzen beim Symposion, auch der Würdenträger setzt einen Kranz aufs Haupt, wenn er seines Amtes waltet, und der Redner tut desgleichen, wenn er sich anschickt, auf der Pnyx zu dem versammelten Volke zu sprechen. Aus Myrthen windet Athen seine Kränze, aus Rosen, den Efeu und selbst das Laub der Silberpappel verschmäht es nicht, Hyazinten flicht es gern in's Grün der Myrthen; aber am meisten scheint es doch die sinnigen Veilchen zu lieben, denn seine Dichter nennen es das „veilchenbekränzte".

Nun aber stehen wir auf dem Töpfermarkte, dem Stolz des athenischen Kunsthandwerks. Benennt sich doch von den Töpfern seit uralten Zeiten dieser ganze Stadtbezirk, und auf den Schiffen der Seefahrer gehen von hier die Erzeugnisse der göttergesegneten attischen Töpfererde in alle Welt. Der Athener formt diesen gesegneten Ton seines heimischen Bodens, wie seinen attischen Marmor, mit dem bildsam-feinen Sinne, den ihm die Götter seinem trefflichen Ton und Marmor wohlbedacht hinzuverliehen.

Da sieh! Von der kleinen, flachen, henkel- und fußlosen Phiale bis zum riesigen Pithos, der hundert Amphoren Weines faßt, und doch Töpferarbeit ist, hat alles sein zugemessenes Teil von edler Zierlichkeit. Diese weitbauchigen, doppelhenkligen Amphoren, diese Hydrien, diese Salbenfläschchen mit engem Halse, aus welchem die Flüssigkeit nur tropfenweise und mit einem glucksenden Tone herausfließt, diese gewaltigen Milchgefäße, diese Schöpfgefäße, diese hundertfach gestalteten Becher, sie alle sind schön.

Kein einziges Stück ist darunter, das formlos wäre, und nur dem Bedürfnis diente. Auch schon das Gefäß des täglichen Gebrauchs, auch schon das Gefäß, in welchem der Grieche seinen Wein, seinen Honig, sein Speiseöl, sein Salböl aufbewahrt, ist schön. Es entbehrt nicht des Reizes gefälliger Gliederung, wohlberechneter Umrisse.

Wenn man hier wandelt, so glaubt man nicht auf einem Markte und unter *Waren* zu wandeln. Denn das Schöne gehört nicht bloß dem, der es bezahlt, es erfreut jeden, der vorübergeht, und wo die Dinge, mit welchen der Mensch sich umgibt, den herzerfreuenden Stempel der Schönheit tragen, da haben alle an allem Teil, und es verwirklicht sich im besten Sinne das Ideal der Gütergemeinschaft.

Wir möchten wohl auch den Salbenmarkt durchschreiten, und den Kleidermarkt, wo mit der heimischen Tracht Moden des Auslandes, megarische Mäntel, thessalische Hüte, amykläische und sikyonische Schuhe Liebhaber und Abnehmer finden. Und am liebsten wohl möchten wir die Bücherrollen mustern, die dort meist in zylindrisch geformten Behältern zur Schau stehen. Gern möchten wir die breiten Blätter des beschriebenen Papyros entrollen, die um runde, an den beiden Enden mit elfenbeinernen und metallenen Knöpfen verzierte Stäbe gewickelt, und von roten oder gelben Pergamentbändern zusammengehalten sind.

Aber der Lärm der Ausrufer, das Getümmel des Marktes ist zu groß, als daß wir uns vertiefen könnten in die Bücherweisheit der Athener.

Ein Kohlenbrenner aus Acharnä und ein Bandkrämer aus Halimos wetteifern da soeben, im Vorüberwandeln ihre Ware anzupreisen. Ihnen gesellt sich ein Dritter, welcher das Athenervolk auffordert, seine urtrefflichen Lampendochte aus Binsenmark zu kaufen. Bald aber ertönt es von allen Seiten: „Kauft Öl!" „kauft Essig!" „kauft Scheiter!" und dazwischen verkünden öffentliche Ausrufer, daß diese und jene Schiffe im Hafen angekommen, daß diese und jene Waren ausgeschifft worden, oder machen den Preis bekannt, welcher für die Entdeckung des Täters eines Diebstahls oder für die Wiederbringung eines entlaufenen Sklaven ausgesetzt worden ist.

Was man im Gedränge des Marktes vermißt, sind die Frauen. Kein Athener sendet seine Gattin oder Tochter auf den Markt. Er sendet seinen Sklaven, oder er – geht selbst und besorgt in eigener Person den Einkauf für das Familienmahl.

Aber treibt nicht dort, beim Tempel der Aphrodite Pandemos, eine Anzahl von eigenartig geputzten Frauenpersonen sich umher? Nicht zu den Käuferinnen des Marktes gehören diese, sondern zu den Verkäuferinnen. Sie sind Verkäuferinnen und Ware zugleich. Es sind darunter Flötenbläserinnen und Tänzerinnen, die sich mieten lassen für die Symposien der Reichen zur Ergötzung fröhlicher Zecher. Auf der Agora stehen auch Wechslertische, so gut wie im Piräus, und der Athener legt seinen Barvorrat bei diesen Wechslern und Bankhaltern nieder, um ihn nach Bedarf in kleinen Beträgen wieder zurückzunehmen.

Der Athener hat unzählige Gründe, täglich wenigstens einmal die Agora zu besuchen, und wenn es ihm dennoch zufällig an einem Grunde fehlen sollte, so begibt er sich ohne Grund dahin. Er ist überaus geselliger Natur. Beständiger Verkehr mit seinesgleichen ist ihm Bedürfnis. Überall schlägt diese Geselligkeit und Gesprächigkeit ihren Tummelplatz auf: in den Hallen, in den Bädern, in den Barbierstuben, in den Verkaufsläden, selbst in Werkstätten der

Handarbeiter, nur nicht in *Schenken*: diese kennt der Athener jetzt noch kaum oder überläßt sie der untersten Hefe des Volkes.

Was will der große wohlbewaffnete Schwarm von Leuten, der dort gerade in der Mitte der fast unabsehbaren Agora gelagert ist? Das sind die tausend skythischen Bogenschützen, welche als Söldlinge den Markt nach altem Herkommen bewachen, eine Art von Stadt- und Polizeiwache, die dem Rate der Fünfhundert zur Hand ist. Diese Söhne des fernen Skythenlandes ergötzen die Männer von Athen durch das barbarische Kauderwelsch, mit welchem sie das Griechische radebrechen, und durch den unstillbaren Durst ihrer Kehlen.

Sie sind stumpfnasig und haben ausdruckslose Gesichter, die sich von den prächtig geschnittenen Köpfen und bedeutenden Zügen der Eingeborenen unvorteilhaft abheben. Jene Ausländer sind plump und ungeschlacht von Ansehen: diese Einheimischen dagegen sind fein gebaut, und doch ist alles Feuer und Nerv an ihnen. Die Bewegungen jener erscheinen bald träg und schleppend halb unschön und überhastet in den Bewegungen. Dieser liegt etwas edel Gemessenes. Selbst jener Kohlenbrenner aus Acharnä hält sich gerade, und jener Bandkrämer aus Halimos, der seinem ärmlichen Linnengewande mühselig durch etwas Kreide zu einigem neuen Glanze für den heutigen Volksversammlungstag verholfen hat, er blickt, seine Ware ausrufend, mit einer Art von Stolz um sich. Er wirft, über den Markt hinschreitend, die Hüften hin und her; aber sein Oberleib verharrt in würdevoller Ruhe. In den Augen aller dieser Männer wohnt der sprichwörtliche „attische Blick“. Was dieser Blick bedeutet? Es ist schwer zu sagen. Der „attische Blick“ ist, wie das ganze Wesen des Atheners, ein Spiegel sehr verschiedener, liebenswürdiger und unliebenswürdiger Eigenschaften. Jeden Moment ist dieser attische Blick bereit, sich in ein attisch gewürztes beißendes Scherzwort umzusetzen. Der Athener scheint ernst, aber aus seinem Ernst springt und sprüht unversehens ein sarkastischer Einfall, wie der Funke aus dem Stein. Er hat Mutterwitz und weiß ihn zu gebrauchen.

Durch das Getümmel der Agora bewegt sich seit einiger Zeit ein Mann, dessen Gewandung und stattliches Ansehen Wohlhabenheit verraten, der aber hier offenbar mit den Augen des Neulings um sich blickt. Er ist hie und da zu den Buden der Händler hingetreten, hat nach dem Preise dieser, jener Ware gefragt, immer aber schien er Schwierigkeiten zu finden, wie sie einem Fremden begegnen.

Soeben schreitet der Bandkrämer von Halimos langsam an ihm vorüber.

„Ich werde nicht klug," spricht der Fremde den Bandkrämer an, vielleicht ermuntert durch einen Blick der Neugier oder des Anteils, den dieser ihm zugeworfen; „ich werde nicht klug aus den Forderungen dieser Händler. Ich glaube, man will mich prellen ..."

„Bist du denn ein Fremder?" fragte der Bandkrämer.

„Allerdings!" erwiderte Jener. „Ich bin mit den Meinen aus Sikyon ausgewandert und erst vor wenigen Tagen hier angekommen. Ich denke mich hier niederzulassen. Ich will künftig lieber Beisasse sein zu Athen, als Bürger in Sikyon, wo mir von meinen Feinden übel mitgespielt worden."

Der Bandkrämer von Halimos, da er hörte, daß dieser Mann, der ihn ansprach, kein athenischer Bürger, sondern nur ein Beisasse – er hatte ihn für einen Ratsherrn gehalten – richtete sich noch etwas strammer empor und sagte dann mit einer Art von Herablassung:

„Freund," sagte er, „wenn dir die Werte unserer Münzen und die Preise unserer Waren unbekannt, so mußt du dich eben bemühen, sie kennen zu lernen, und zwar wo möglich von einem ehrlichen Manne." „Siehst du hier," fuhr er fort, indem er ein ganz kleines dünnes Silberstück hervorzog und auf die Fläche seiner Hand legte, „siehst du, das ist attisches Silber, wie wir's da drüben in Laurion graben. In der ganzen Welt findest du kein so feines und reines Silber wie dieses. Die Münze da aber ist unser kleinstes Silberstück, ein halber Obolus; dafür kannst du dir einen gemeinen Käse, oder ein Würstlein mit kleinen Leberchen, oder auch ein ziemliches Stück Fleisch kaufen, wie du es bei gutem Appetit allein zu verzehren im Stande bist. Gibst du einen *ganzen Obolus,* so erhältst du ein Fleischgericht in trefflicher Zubereitung. Um den Preis von *vier* solchen Obolen aber kannst du einen leckeren Meerfisch nach Hause tragen. Hast du *sechs* Obolen beisammen, so ist das so viel wie ein Drachme, und du kannst dir ein größeres Silberstück mit dem Kopfe der Athene auf der einen, und der lorbeerumkränzten attischen Eule auf der andern Seite dafür einwechseln. Für eine solche Drachme nun bekommst du schon eine Schüssel gut zubereiteter Meerigel; für *zwei* Drachmen einen ganzen Scheffel Gerstengrütze, für *drei* einen Scheffel Weizen oder einen kopaischen Aal, für *zehn* solcher Drachmen aber kannst du dir schon einen Thiton kaufen, wenn er nicht von besonders feiner Art sein soll. Hast du hundert Drachmen beisammen, so gibt das eine *Mine,* und für anderthalb solcher Minen kannst du dir einen Sklaven kaufen; für drei Minen ein Pferd oder ein ganz kleines Häuschen, willst du ein größeres und besseres, so mußt du freilich bis an die sechzig Minen geben, und das macht schon ein *Talent.* - Siehst du, in dieser Weise kannst du vielerlei Leckerbissen und Herrlichkeiten zu Athen kaufen für weniges Geld. Wenn dir aber auch dies wenige gebricht, so mußt du es machen, wie wir anderen ärmeren

Leute: du mußt dich bescheiden nähren von unserm heimischen Gerstenfladen, und kannst dazu den würzigen heimischen Knoblauch kauen." –

In diesem Augenblick wurde der Sprecher unterbrochen durch den Klang einer gewaltigen Stimme, die über den Markt hintönte. Es war die Stimme des Herolds, welcher die vor dem Bouleuterion schriftlich an die Athner gerichtete Aufforderung, sich auf der Pnyx zu versammeln, nun mündlich wiederholte, beifügend, daß nach Ablauf einer Stunde von jetzt an die Versammlung eröffnet werden solle.

Zugleich wurde auf der Höhe der Pnyx eine große Fahne aufgezogen, welche als Zeichen der bevorstehenden Volksversammlung weithin sichtbar über der Stadt in den Lüften flatterte.

Überall staute um den Herold sich das Gedränge des Volkes und eine Art von Gärung griff der Masse um sich. Schon seit dem frühen Morgen waren die Männer von Athen auf den Beinen, und überall, wo sich die Leute zu sammeln pflegten, hörte man lebhaftes, nicht selten haderndes Gespräch. Der Ausruf des Herolds entfachte den Eifer des politischen Gesprächs zu neuen und helleren Flammen.

„Achtzehnhundert Talente soll der Schatz betragen, der mit dem Staatsschiffe von Delos herübergebracht worden!" rief einer inmitten einer Gruppe von Bürgern.

„Dreitausend Talente sind's!" rief ein Zweiter.

„Sechstausend!" fiel ein Dritter lebhaft ein. „Sechstausend Talente, sag' ich euch, sind von Delos herübergekommen – bare sechstausend Talente" –

„Juchei!" rief ein Vierter mit einem Freudensprunge. „Wo Geld ist, sagt das Sprichwort, da geht das Ruder und bläst der Wind!" –

„Was die neuen Bauten betrifft“, sprach ein Fünfter im Kreise bedenklich, „insbesondere das neue Festhaus der Pallas auf der Burg, so lasse ich mir dies gefallen; aber was den Richtersold anlangt, und insbesondere die Schauspielgelder“ –

„Was? Gönnst du diese dem Volke nicht?“ scholl es dem Sprecher von Seite der umstehenden ärmeren Bürger entgegen.

„Ich wohl!“ versetzte Jener. „Ich meine nur, der Antrag wird nicht durchgehen. Die Oligarchen werden ihn nicht durchgehen lassen. Schauspielgelder fürs Volk? Das werden die vielen Lakonerfreunde nicht bewilligen. Nein, gewiß nicht!“

„Ich dagegen glaube,“ warf ein Anderer ein, „die Schauspielgelder werden leichtlich durchgesetzt werden, denn die Masse des Volkes ist ja doch auf der Pnyx gegen die Oligarchen in der Mehrzahl. Aber im Betreff der Bauten, und insbesondere des neuen Festhauses der Pallas Athene“ –

„Was?“ unterbrachen mehrere lebhaft den Sprecher, „du willst, daß wir nicht bauen sollen?“

„Das nicht!“ entgegnete jener. „Ich meine nur ...

„Ei, wartet doch!“ unterbrach ihn einer, „hören wir erst den Perikles!“

„Ja, hören wir erst den Perikles!“ hallte es im Kreise nach. Nur der Wurstmacher Pamphilos rümpfte die Nase, und sagte:

„Perikles und immer Perikles! Müssen wir denn immer auf diesen hören?“

„Warum nicht?“ gab man ihm zur Antwort; „Perikles ist klug – Perikles ist wohlmeinend – Perikles ist der Mann, dem wir Athener die Fettaugen auf der Suppe verdanken – Perikles ist der Einzige hier zu Athen, dem seine Mitbürger nichts Böses nachzusagen wissen.“ –

„Was?“ rief jener Widersacher; „nichts Böses? Sagen nicht alle älteren Leute, daß er in seinen Zügen eine gewisse Ähnlichkeit hat mit Peisistratos, dem Tyrannen?“

„Das ist wahr“, bemerkte Pamphilos. „Auch hat er, was nicht allen bekannt ist, einen sogenannten *Zwiebelkopf*!“

„Was? Einen Zwiebelkopf?“ riefen die Hörer.

„Einen Zwiebelkopf!“ entgegnete jener. „Wisset,“ fuhr er geheimnisvoll fort, „wisset, daß der schöne und stattliche Perikles auf der Höhe seines Scheitels einen kleinen Hökker trägt, so daß sein Kopf einigermaßen spitz zuläuft, einer Zwiebel nicht unähnlich“ –

„Possen!“ riefen die Anderen. „Hat einer diesen Zwiebelkopf des Perikles gesehen?“

„Niemand!“ fuhr jener lebhaft fort. „Niemand hat ihn gesehen! Das ist gewiß. Aber wie käme denn auch einer dazu, den Zwiebelkopf des Perikles zu sehen? Im Felde trägt Perikles seinen Strategenhelm, und auch im Frieden werdet ihr ihn, wo es nur angeht, mit seinem Strategenhelm den Kopf bedecken sehen. Und wo es nicht angeht, nun, da sucht er sich anders zu helfen. Auf der Rednerbühne z. B. trägt er den üblichen Myrthenkranz des Redners auf dem Haupte; und für gewöhnlich sieht man ihn auf der Straße mit dem breitkrämpigen Thessalerhut; und so ist es allerdings wahr, daß niemand den Kopf des Perikles genau gesehen; aber eben weil ihn keiner gesehen, liegt die Vermutung nahe, daß sein Kopf ein Zwiebelkopf; denn wäre er dies nicht, welchen Grund hätte Perikles, ihn so geflissentlich zu verbergen?“ –

„Freilich, freilich!“ sagten viele der Hörer mit zustimmendem Nicken: „es ist kein Zweifel, daß des Perikles Kopf ein Zwiebelkopf,“ –

„Wenn das ist,“ bemerkte lächelnd einer von der Oligarchenpartei, der sich in der Gruppe befand, mit einem spöttischen Seitenblick auf einige ärmlich aussehende Männer aus dem Volke, welche dem Gespräch zuhörten, „wenn der Volksfreund Perikles einen Zwiebelkopf besitzt, so mag er denselben hüten vor der Liebe seiner besten Freunde und Anhänger, der Zwiebel- und Knoblauchkauer" –

Einige belachten den Scherz des Oligarchen. Aber unter den Männern, welche der spöttische Seitenblick getroffen hatte, befand sich auch der Bandkrämer von Halimos. Er antwortete zunächst mit einem Blitz aus seinen schwarzen Augen, ballte die Faust, und stand auch auf dem Punkte, ein scharfes Wort gegen den Oligarchen zu schleudern.

Aber in diesem Augenblicke näherte sich ein Mann, der seinen Markteinkauf in der Busenfalte des Gewandes trug.

„He da, Pheidippides!" rief einer ihm entgegen; „hast wieder eine halbe Stunde lang gefeilscht, alter Knauser! Nicht wahr?"

„Allerdings", versetzte Pheidippides, „für diese beiden Fischlein da begehrte die Bettel *zwei Obolen*!" –

„Und zuletzt bekamst du sie –?"

„Für einen!" versetzte schmunzelnd Pheidippides, fügte aber sogleich hinzu: „Ohne Zweifel taugt die Ware nichts, sonst hätte die Alte sie mir nicht so billig gelassen. Man ist immer der Betrogene."

Die Hörer lachten. „Pheidippides," fuhr jener fort, „du bist ein Mann, der hauszuhalten weiß. Was sagst du zur Verschwendung des Perikles, der jetzt haben will, daß wir den hierher gebrachten Bundesschatz für allerlei Sold und Schauspielgelder und für ein großes, prächtiges Festhaus der Pallas auf der Akropolis verwenden sollen? Hast du nichts dagegen einzuwenden, Pheidippides?"

„Pallas Athene bewahre mich davor!" rief Pheidippides. „Komme aller Götter Segen über das Haupt unseres großen und weisen Perikles! Ganz und gar nichts habe ich dagegen einzuwenden; im Gegenteil, ich sage: wir müssen bauen; das prächtige Festhaus der Athene auf dem Burgberge müssen wir haben, und wenn es die sämtlichen Bundesgelder verschlingen sollte" –

„Was? Du knauserst im eigenen Hause, du spaltest den Kümmel für den Tagesbedarf, und mit den öffentlichen Geldern bist du so freigebig?" fragten einige.

„Ja seht," erwiderte Pheidippides, „zu Hause, da lohnt sich's nicht der Mühe, freigebig zu sein, sich's verschwenderisch einzurichten. Wann ist denn unsereiner zu Hause? Wann erlauben es dem athenischen Bürger seine Geschäfte, zu Hause zu sein? Jetzt muß er auf den Markt gehen, jetzt in die Volksversammlung, jetzt in die Stammesgenossenschafts-Versammlung, jetzt in die Bruderschaftsgenossen-Versammlung, jetzt in die Baugenossenschafts-Versammlung, jetzt in diesen, jetzt in jenen Gerichtshof, jetzt in den einen oder den anderen Club, jetzt in den Piräus, jetzt aufs Land, um nach seinen Äckern und seinen Schafen zu sehen – wann also, frag' ich, ist der athenische Bürger zu Hause? Der athenische Bürger gehört der Öffentlichkeit und die Öffentlichkeit ihm; darum ist immer mein Wahlspruch: bescheiden am häuslichen Herd, aber großmütig und freigebig für das Gemeinwesen, für das Allgemeine! Womit ich mein eigenes Haus schmücke, das ergötzt mich kurze Zeit, und vielleicht schon mein Sohn und Erbe verzettelt's. Was ich auf der Akropolis droben bauen helfe, das währt, und das vererb' ich den spätesten Enkeln!"

„Pheidippides hat Recht!" sagten die Männer, einander anblickend, und dabei mit den Häuptern nickend.

Aber der Mann von der Oligarchenpartei, der früher den volksfeindlichen Scherz sich erlaubt hatte, erhob nun seine Stimme aufs Neue. „Alles mit Maß!" sagte er. „Man muß mit der Hand und nicht mit dem Sacke säen. Halten wir nicht Maß, so geht das Gemeinwesen abwärts und das stolze Gebäude der athenischen Macht und Größe kommt zu schmählichem Falle!"

„Fall' es dir auf die Nase!" rief der noch immer grollende Bandkrämer von Halimos, die Faust gegen den Oligarchen gewendet.

Die Umstehenden lachten. Pheidippides aber begann wieder: „Seht doch einmal die reichsten Männer Athens. Sie wissen es gar wohl, womit sie sich den meisten Ruhm verschaffen können: nicht indem sie großartige Behausungen für sich herstellen, sondern indem sie Schiffe für den Staat ausrüsten und Chöre für die öffentlichen Schauspiele auf ihre Kosten einüben, und anderes dieser Art leisten, wozu das Gesetz sie verpflichtet, worin sie aber untereinander einen rühmlichen Wetteifer, mehr als das Verlangte zu leisten, entwickeln. Gibt es etwas, worauf sie ihre Reichtümer lieber verwenden, als auf solches, obgleich sie damit nur den Glanz des Gemeinwesens mehren, sich selbst aber beinahe in Armut stürzen?"

„In der Tat", fiel der Oligarch hier ein, „so handeln die Reichen. Aber leider kommt man jetzt dahin, bei den Leistungen mehr auf äußeren Glanz und Tand, als auf das Tüchtige und wirklich Ersprießliche zu sehen. Die Trierarchen gehen oft an Bord, ohne sich für ihre Mannschaft mit etwas anderem als Mehl, Zwiebeln und Käse zu versehen. Diejenigen aber, welche einen tragischen Chor auf ihre Kosten auszustatten und einzuüben übernehmen, füttern diese Choreuten zur Ausbildung und Erhaltung ihrer Stimme eine geraume Zeit hindurch mit allen Süßigkeiten und Leckerbissen, und müssen sich, wenn ihr Chor gegen einen anderen im Wettkampfe zurückbleibt, noch überdies verlachen und beschimpfen lassen. Diese Gewohnheiten werden uns weichlich machen. Wollten wir doch nur ein wenig mehr auf das Beispiel der mannhaften Lakedaimonier achten." – „Ein Lakonerfreund!" riefen einige im Kreise.

Ja, ein Lakonerfreund!" sagte der Oligarch. „Ich wiederhole es, wir müssen das Beispiel der Spartaner nachahmen, sonst wird unsere Herrlichkeit nicht lange währen, insonderheit wenn wir fortfahren, die Zügel des Gemeinwesens immer mehr in die Hände der unbemittelten, hungrigen, bestechlichen Klasse schlüpfen zu lassen."

Der Bandkrämer von Halimos, aus der Entfernung zuhörend, ballte bei diesen Worten des Oligarchen neuerdings die Faust. Mit Mühe beschwichtigte ihn einer seiner Gefährten.

„Ich habe die verwichene Nacht einen wunderlichen Traum gehabt", begann jetzt einer im Kreise der Männer, „und möchte wohl wissen, was er etwa bedeutet. Ich sah zuerst eine große Finsternis rings umher verbreitet. Dann sah ich einen Mann kommen – er trug die Züge des Perikles – und eine Fackel aufstecken, die immer größer wurde, bis sie zuletzt als feurige heiße Sonne vom Himmel leuchtete. Da glänzte alles rings im heiteren Tagesglanz. Aber jene riesige Sonnenfackel begann eben durch ihren heißen Strahl wieder Dünste aus der Erde an sich zu ziehen – diese wurden immer dichter und trüber, und ballten sich zu Wolken, und zuletzt verschwand die Fackel ganz hinter ihnen und es war so dunkel als zuvor. Es war ein seltsamer Kreislauf von Licht und Finsternis. Ob dieser Traum nicht etwa Unheil bedeutet?"

„Nicht alle Träume senden die Götter!" erwiderte einer der Zuhörer.

„Du irrst!" warf der Oligarch ein. „Träume sind immer bedeutungsvoll. Mich selbst rettete einmal ein warnender Traum, als ich ein Schiff zu besteigen die Absicht hatte, welches nachher mit allen darauf Befindlichen in den Wellen unterging. Die Götter haben nicht gewollt, daß ich auf solche Art umkommen sollte"...

„Vielleicht wollten sie, daß du gehangen werden solltest!", rief der Bandkrämer von Halimos herüber, seinen lang verhaltenen Groll nicht länger bezähmend.

Finsteren Blickes sah der Oligarch auf den Mann, der so gesprochen. Er hatte das Ansehen, als ob er den kühnen Spötter zur Rechenschaft zu ziehen gedächte.

Aber im Kreise umher blickend, begegnete er nur solchen Mienen, welche dem Spötter Beifall lachten, und da dieser überdies so kampflustig auf ihn zutrat, als ob er ihm mit der Ferse an die Hüfte springen wollte, so zog er es vor, im Gedränge der Gruppe des Volkes zu verschwinden, welche sich in Bewegung setzte, um den Weg gegen die Höhe der Pnyx einzuschlagen, denn die Stunde der Versammlung war gekommen.

Auch der Bandkrämer von Halimos schloß sich an, noch immer erregt vom Zorne gegen den Oligarchen. Der Sikyonier war in seiner Nähe. „Hast du gehört," sprach er, sich ihm wieder gesellend, „was ein Schurke von Oligarch noch immer zu Athen sich erlaubt? Das gemeine Volk zu verachten! Unsereinen zu verachten, weil man arm ist – als ob man deshalb weniger athenischer Bürger wäre! Es ist wahr, ich bin ein Bandkrämer, und mein Weib hat sich im Drange der Not schon ein paar Mal als Amme verdingen müssen. Aber das Gesetz verbietet ausdrücklich, daß man einem athenischen Bürger, wenn er aus Armut rechtlich ein Gewerbe treibt, dieses zum Vorwurf mache. Und bei der Pallas, ich bin ein athenischer Bürger so gut als irgendeiner, wenn ich auch nicht in der Tripodenstraße wohne, sondern in einem kleinen Vororte drunten an der Bucht von Phaleron. Nun, ich denke, besser ist's mit dem Bündel auf dem

Rücken seinen Unterhalt suchen, als in der Weise derjenigen leben, welche lieber verhungern würden, als arbeiten, es aber nicht unter ihrer Würde halten, als Schmarotzer die Teller anderer Leute rein zu lecken, oder umhergehend zu lauern, wo etwa irgend ein Mensch wissentlich oder unwissentlich gegen eines der unzähligen Gesetze Athens verstößt, damit man ihn dann anklagen und von der Geldstrafe, in die er verfällt, seinen bestimmten Anteil einstreichen könne. Halten sie's für eine Ehre, als Parasiten oder als Sykophanten zu leben, wohl bekomm's! Ich aber dünke mich besser als diese, und wer meiner spotten will, der komme heran: da steh' ich, und fürchte keinen, ich, der Bandkrämer von Halimos! Ich tue meine Bürgerpflicht, so gut als einer; ich stecke etwas Brot und Zwiebeln in meinen Ranzen und stehe dann wohlgemut dem Vaterlande den ganzen Tag zu Diensten auf der Pnyx! Ich danke den Göttern, daß sie mich als Athener geboren werden ließen; und wenn ich so am frühen Morgen von Halimos gegen die Stadt her wandere und die Akropolis im Glanz der Morgensonne mir entgegenleuchten sehe, und die riesige Vorkämpferin Athene mir zu winken und zu sagen scheint: *„Auch du bist einer von meinen Söhnen!"* da geht das Herz mir auf und im Stillen sag' ich dem alten Helden Theseus Dank, daß er uns Kinder des attischen Landes alle, gleichviel ob wir in der Stadt oder in den ländlichen Gauen hausen, in Urväter-Zeiten zu einem einzigen Gemeinwesen vereinigte. Denn das müßt ihr anderen Hellenen doch zugeben: wie sich Städte von Dörfern unterscheiden, so unterscheidet sich wieder unser Athen von allen übrigen hellenischen Städten. Wir Athener sind nun einmal Autochthonen und anerkanntermaßen das reinste, unvermischteste Hellenenblut. Du begreifst aber auch, daß es nichts Geringeres ist, ein Gemeinwesen, wie dieses, als Bürger regieren und verwalten zu helfen. Ich habe mir in den letzten Tagen weidlich den Kopf zerbrochen, in wie weit man den Anträgen des Strategen Perikles gerecht werden könnte. Perikles ist klug, sehr klug, und ich bin ganz einverstanden mit der Übertragung der Bundeskasse von Delos nach Athen, auch mit der volkstümlichen Verwendung der Gelder, und mit dem neuen Tempelhause der Pallas Athene auf der Burg. Aber wir Bürger können doch andererseits auch nicht alles gleich so unbesehen bewilligen, als ob es sein müßte – wir müssen eben merken lassen, daß wir die Herren sind, und daß wir zu entscheiden haben, wir, das Volk, und daß wir die *Volksherrschaft* haben hier zu Athen ...“

So sprach der Bandkrämer von Halimos nachdrucksvoll, als athenischer Bürger, zu dem neuen Beisassen aus Sikyon. Dann trat er in den Laden seines Freundes, des Bartscherers Sporgilos, und ließ sich von ihm das Kinn und die Wange glatt rasieren, damit er unter den anderen Bürgern in der Volksversammlung würdig erschiene; zugleich übergab er dem Sporgilos sein Krämerbündel, damit er es ihm bis zur Zurückkunft aus der Volksversammlung aufbewahre.

Mittlerweile war durch eine Anzahl der skythischen Bogenschützen unter Anführung eines der sogenannten Lexiarchen im Umkreise der Agora ein Seil gespannt worden, in der Art, daß nur die Straße frei blieb, welche auf den Hügel der Pnyx hinaufführte – ein alter Brauch, dessen Sinn und Zweck nur war, die Athener, welche gern auf dem Markte schwatzend säumten, zu erinnern, welchen Weg sie einzuschlagen hätten. Und da das Seil mit Mennig bestrichen war, um diejenigen, welche es überspringen wollten, rot zu zeichnen, so mußte der Ausreißer fürchten, sich dem Gelächter der spottlustigen Menge auszusetzten.

Der Bandkrämer nahm mit dem Schwarme der übrigen Bürger seinen Weg nach der Pnyx. Der Beisasse blieb an seiner Seite, begierig, noch manches von ihm zu erfahren. Bis an die Schranken des Volksversammlungsplatzes durfte er ihn ja begleiten.

Der Hügel der Pnyx ist der mittlere von jenen dreien, welche auf der Abendseite der Stadt von Mittag her sich erstrecken. Nordwestlich trennt ihn eine Schlucht von dem sogenannten Nymphenhügel, auf der Mittagseite eine noch tiefere Einsenkung, durch welche ein in den Felsen gehauener Fahrtweg läuft, von dem Hügel des Museion, der am höchsten ansteigt in dieser Gruppe meist schroffer Erhebungen. Gen Norden und in der entgegengesetzten Richtung senkt der Hügel sich ziemlich sanft gegen die Ebene; auf dem östlichen Abhange aber, gegen die Akropolis hin, stützt eine schroffe Mauerterasse in Form eines Kreisausschnitts das Erdreich, erweitert die Oberfläche des Hügels und gleicht die Unebenheiten derselben aus. Felstreppen und durch Kunst gebahnte Wege führen zu dieser teils natürlichen, teils durch Menschenhand erweiterten und geebneten Hochfläche hinauf, die in Urzeiten den Felsaltar des obersten Gottes trug.

Der Bandkrämer von Halimos und sein Gefährte aus Sikyon hatten die Höhe erreicht. Die Schranken waren geöffnet, am Eingange aber standen die Lexiarchen, sechs an der Zahl, Amtspersonen, in deren Händen die Verzeichnisse der athenischen Bürger hinterlegt waren und welche hier an den Schranken dafür sorgten, daß kein Unberechtigter in die Versammlung der Bürger sich einschleiche. Dreißig Gehilfen standen ihnen zur Seite.

Das Volk strömte ins Innere des weiten, eingehegten Bezirkes, über welchen nur der blaue Himmel sich wölbte. Der Bandkrämer aber leistete dem Beisassen, welcher vor den Schranken zurückbleiben mußte, noch ein wenig Gesellschaft. Mit neugierigen Blicken musterte der Sikyonier über die Schranken hinweg den Raum, der mit den dichten Massen des herandrängenden Athenervolks sich füllte. Er sah den Hintergrund der Hochfläche durch eine Felswand abgeschlossen, aus welcher ein hoher, würfelartiger Stein vorsprang. Dieser im Viereck zubehauene Stein war die Bühne, von welcher herab die Redner zum Volke sprachen. Zu beiden Seiten führte eine schmale Treppe auf dieselbe hinauf. In alten Zeiten war dieser Raum ein Heiligtum, dieser Steinwürfel der Altar des höchsten Zeus gewesen. Der Rednerbühne gegenüber reihte sich hintereinander eine Anzahl von steinernen Bänken, auf welcher ein Teil der Versammelten sich niederlassen konnte.

Nachdem der Fremde diese Dinge betrachtete, wendete er sich rückwärts und ließ seine Blicke von der Höhe des weitschauenden Hügels gegen die Stadt hinschweifen. Er sah vor sich die gesamte Stadt der Athener, im Kreise gelagert um den heiligen Felsberg der Akropolis, der in geringerer Entfernung, der Pnyx gerade gegenüber, emporragte. Die Glimmeradern seiner übereinander getürmten Felsmassen funkelten in der Sonne. Zur Linken des Berges der Akropolis erhob sich, viel niedriger von Ansehen, aber aufstarrend als ein einziger riesiger, wildzerklüfteter Felsblock der Areshügel, die geheiligte Stätte des Areopags, umweht zugleich von den Schatten ihres Gumenidenheiligtums.

Immer dichter ward das Gedränge des Volks um den Standort der Lexiarchen an der Schranke des Eingangs. Lebhaft zeigte sich auch hier, wie auf der Agora, das Wesen des Atheners. Jeden Augenblick erschollen die Zurufe des Lexiarchen: „Vorwärts, Eubulides! Nicht solange geschwatzt hier vor den Schranken!“ – „Ruhig, Charondas! Nicht so gezaudert mitten im Gedränge! Platz gemacht für die Hintermänner!“ –

Der Bandkrämer von Halimos drückte sich bei Seite,

um, unbemerkt von den gestrengen Amtsleuten, seinen wißbegierigen sikyonischen Gefährten im Gedränge der Zuströmenden einzelne Gestalten zu weisen, die ihn zu der einen oder der anderen Glosse veranlaßten.

„Siehst du," sagte er, „die beiden dort mit den langen, struppigen Bärten, den blassen, finsteren Gesichtern, den kurzen und grobwolligen Mänteln und mit den dicken Stöcken in der Hand? Ihre Ohren sind platt eingedrückt, als ob sie täglich den erzgebuckelten Faustriemen einander um den Kopf schlügen. Sie möchten aussehen wie Athleten, die mindestens schon einmal in Olympia gesiegt. Das sind die Leute, die wir Lakonisten zu nennen pflegen, weißt du? Die für Sparta schwärmen, und hier alles so haben möchten, wie es dort ist"...

Wieder stieß der Bandkrämer seinen Gefährten an: „Jener dort ist Pheidias – Pheidias, der Bildner, der die große Vorkämpferin Athene gefertigt auf der Burg – die Schar, die ihn umgibt, das sind die Seinen, seine Schüler und Helfer – die stimmen alle für Perikles!"

Jetzt kamen die Prytanen herangeschritten. Der Bandkrämer zeigte sie seinem Gefährten. Bald aber stieß er diesen noch heftiger an: „Da sieh – Perikles! Das ist Stratege Perikles!"

„Und seine Begleiter?" fragte der Sikyonier. „Sind ebenfalls Strategen!" erwiderte der Bandkrämer.

„Wie heißen sie?" fragte jener weiter.

„Das mögen die Götter wissen!" gab der Krämer zurück. „Es gibt, glaub' ich, zehn Strategen in Athen, aber wir kennen nur den Perikles!"

„Und die ehrwürdigen Männer, die dort mit so würdevollen Schritten sich nähern?" fuhr der Sikynonier fort zu fragen.

„Das sind die neun Archonten!" sagte der Bandkrämer.

„Sind es nicht diese," fragte der Sikyonier, „welche bei euch von allen obrigkeitlichen Personen die meiste Ehre genießen?"

„Ehre wohl," erwiderte der Bandkrämer, „aber höher schätzen wir im Grunde doch die Strategen."

„Wie das?" fragte jener.

„Weil wir unsere *besten Köpfe* dazu wählen," versetzte mit schlauer Miene der Krämer. „Bei den Archonten sehen wir auf Alter, fleckenlosen Ruf, und ehrwürdiges Aussehen. Große Ehre genießt ein solcher Archont, sehr große Ehre, das ist nicht zu leugnen; seine Person wird beinahe für heilig geachtet. Dafür ergeht es ihm aber auch schlimm, wenn seine Amtszeit verflossen, und wir mit ihm nicht ganz zufrieden sind. Wir verurteilen ihn – rate wozu? Ein Standbild aus purem Gold in Lebensgröße nach Delphi zu stiften!" –

„Ein Standbild aus purem Gold in Lebensgröße?" rief erstaunt der Sikyonier, „das ist ja doch keiner zu bezahlen im Stande?" –

„Ebendarum!" versetzte darauf der Bandkrämer. „Ein Schuldner unseres Staats, der nicht zahlen kann, ist nach Gesetz bürgerlich ehrlos. Ein solcher Archont bleibt also zeitlebens ehrlos. Und mit Recht. Hat er früher die große Ehre genossen, so soll er jetzt auch die große Schande dafür haben."

„Wer ist denn nur jener lahme, krüppelhafte, mit Lumpen behängte Mann, mit dem Bettlerranzen um die Schultern, der sich dort mit tollen Gebärden um den Eingang der Volksversammlung drängt?"

„Jenen tückisch-grinsenden Bettler meinst du?" erwiderte der Bandkrämer. „Dies stadtbekannte Menschenkind ist als Sklave in einem Prozesse seines Herrn gefoltert worden und seither verkrüppelt geblieben, hat auch seinen Verstand halb eingebüßt, und jetzt, als Bettler sich herumtreibend, ist er von der Sucht befallen, sich überall einzudrängen, wo athenische Bürger sich versammeln, auf dem Markte, auf der Pnyx. Immer wird er hier von den Lexiarchen zurückgestoßen; dann antwortet er mit Schmähungen und lästert das ganze Athenervolk, wofür er oft geschlagen oder gar mit Steinen beworfen wird, wenn ihn der junge Steinmetz Sokrates nicht bei Seite führt, der des *tollen Menon* – so wird er genannt, – sich gern erbarmt, und den du auch jetzt wieder in seiner Nähe dort erblickst." –

Nunmehr wurde die Fahne eingezogen, welche von der Höhe der Pnyx den Athenern die bevorstehende Volksversammlung angekündigt hatte. Mit ihrem Einziehen war das Zeichen der Eröffnung gegeben. Jetzt beeilte sich auch der Krämer von Halimos den umhegten Raum zu betreten, mit einem Gemisch von Stolz und Mitleid sich von dem Sikyonier verabschiedend, der vor den Schranken zurückbleiben mußte. Dem Gezwitscher eines vollen Vogelnestes ähnlich erscholl das Gemisch von Stimmen der Männer von Athen, die in dem weiten Raume sich drängten.

Nun gebot ein Herold Ruhe. Sein heller Ausruf klang weithin über die Höhe. Es ward Stille.

Der Sikyonier war stehen geblieben, wo er zuvor im Gespräch mit dem Krämer von Halimos gestanden, und betrachtete, so gut es aus dieser Entfernung möglich war, die Vorgänge innerhalb des weitgedehnten, von Menschen dichtgefüllten Raums der Versammlung. Sein Standort war ein wenig erhöht, so daß er über die Köpfe der Menge hinweg zu blicken vermochte.

Er sah, wie jetzt, nach vollkommen hergestellter Ruhe, ein als Reinigungsopfer geschlachtetes Ferkel unter dem Vortritt eines Priesters umhergetragen, und mit dem Blute desselben der Platz, so wie die Bänke besprengt wurden. Er sah dann, wie ein helles Feuer angefacht und das eigentliche Rauchopfer gebracht wurde. Und neuerdings wurde ihm des Herolds Stimme vernehmlich, welcher die Götter feierlich rief. Er sah, wie aus der Mitte des Prytanen sich einer erhob, wie die Athener der Vorlesung eines Schriftstücks lauschten, das ohne Zweifel die dem Volke gestellten Anträge des Strategen Perikles und die Vorbeschlüsse des Rats enthielt, wie dann wieder der Herold sich erhob, um zu fragen, wer über diesen Gegenstand zu sprechen verlange; er sah, wie nunmehr die Redner zur Bühne emporstiegen, wie sie nach altem Brauche sich den Myrthenkranz aufs Haupt setzten, wie sie zum Volke sprachen; er sah, wie das Volk zustimmend oder mißbilligend sich äußerte, jetzt atemlos lauschte, jetzt unruhig aufwallte, erst sacht, wie ein Ährenfeld, welches von mäßigen Winden gekräuselt wird, dann aber ungestüm aufgährend, lärmend, tobend, wie ein sturmgeschüttelter Bergwald, so daß der Herold auf den Wink des ersten der Prytanen Ruhe gebieten mußte; er sah, wie zuweilen der Widerstreit der Meinungen in den Volksmassen zum Kampf der Hände zu entarten drohte, wie hier ein Mann aus dem Volke die Faust gegen einen Oligarchen schüttelte, dort ein Lakonerfreund den Knotenstock mit lauten Verwünschungen gegen die Volksmänner emporhob; er sah jetzt die großen Massen des Volks wie *ein* Mann jubelnden Beifall zollen, während die Oligarchen murrten oder grollend verstummten; dann sah er wieder diese durch Mienen, Gebärden und Ausrufe ihre Befriedigung an den Tag legen, jene aber in Lauten des Unmuts lärmend sich Luft machen.

So gingen im erregten Gewoge der Meinungen und Stimmungen einige Stunden hin.

Jetzt sah der Sikyonier den Strategen Perikles, der schon früher, aber nur mit wenigen Worten, zum Volke gesprochen, neuerdings die Rednerbühne besteigen. Wieder herrschte völlige Stille im Schwarm der Athener. Ruhig und würdevoll ragte die Gestalt des Mannes, den sie den Olympier nannten, inmitten des Volks empor. Er machte keine lebhaften Bewegungen. Seine Hand verbarg sich ruhig im Obergewande. Aber seine Stimme erscholl mit eindringlichem und wunderbarem Klange hin über die Häupter der Lauschenden. Der Sikyonier vernahm den Klang dieser Stimme, und ohne die Worte selbst zu erfassen, horchte er wie durch einen Zauber gebannt nach jenen Lauten hin, welche einschmeichelnd waren wie der säuselnde Westwind, und doch markig zugleich, wie der Laut des sachtrollenden Donners in den Lüften.

Plötzlich sah der Sikyonier den Perikles die Rechte unter dem Obergewande, in welchem er sie bisher verborgen hatte, hervorziehen, und sie gerade vor sich hin ausstrekken, hinüberschweifend auf die nachbarliche, gegenüber aufragende Höhe der Akropolis.

Bei dieser Gebärde des Perikles wendeten alle die Tausende von Athenern die Häupter, und – alle blickten, der Richtung folgend, welche ihnen die ausgestreckte Rechte des Redners wies, nach der im hellen Tageslichte leuchtenden heiligen Höhe der Akropolis hinüber. Der Sikyonier tat desgleichen. Es war, als ob jene geheiligte Höhe immer heller erglänzte, als ob sie ein neuer, ahnungsvoller Schimmer umzitterte. Der ahnungsvolle Glanz aber, welchen die Akropolis ausstrahlte, schien sich in den Augen der unverwandt hinüberblickenden Athener widerscheinend zu spiegeln. Es war, als sähen sie dort bei dem Klange der Worte des Perikles vor ihren geistigen Augen etwas emporsteigen, was für die leiblichen Augen noch nicht sichtbar. Es schien, als wolle der Berg sich mit einer Zauberkrone schmücken, welche viele Herrscherkronen überdauern und viele Geschlechter der Menschen an sich vorüberziehen sehen würde, und welche in reinem Glanze geruhig fortleuchten würde bis ans Ende der Tage ...

Der lauschende Sikyonier hörte den Rededonner des Olympiers Perikles verhallen; er sah wie der Redner den Kranz vom Haupte nahm, wie er herabstieg von der Bühne unter dem Jubel des Athenervolks, wie der vorsitzende Prytane das Volk zur Abstimmung aufforderte, wie dieses durch Emporheben der Hände der Aufforderung nachkam, wie die Entscheidung verkündet, und zuletzt durch den Herold auf den Wink des Prytanen das Ende der Versammlung angesagt wurde.

Die Menge strömte zurück durch die geöffneten Schranken. In aufgeregten Wogen ergoß der Strom sich den Abhang der Pynx hinunter. Fragend trat der Sikyonier seinem Befreundeten aus Halimos entgegen, als er ihn wiedersah:

„Wie ist's gelaufen, Freund?"

„*Wir haben alles bewilligt*!" rief der Mann aus Halimos mit leuchtenden Augen. „Wir haben zuerst die Oligarchen und Lakonerfreunde niedergestimmt", fuhr er fort „und den Kriegersold, den Richtersold und die Schauspielergelder bewilligt. Denke dir den Jubel des ärmeren Volkes, als wir den Oligarchen zum Trotz uns selber alle diese schönen Dinge bewilligten! Und was das neue prächtige Festhaus der Pallas auf der Burg betrifft, mitsammt dem Hinterhause für den öffentlichen Schatz und mit dem großen Standbilde der Pallas und der dreifach gegliederten Prachtvorhalle, durch welche der Festzug der Panathenäen künftig die Akropolis beschreiten soll, und deren Plan von Pheidias ebenfalls schon entworfen wurde, so gibt es keinen athenischen Bürger, so viel ihrer jetzt innerhalb der Schranken gewesen, der nicht die Hälfte dessen, was er sein nennt, dafür hingäbe, wenn der Prachttempel schon so vollendet drüben stünde, wie ihn Perikles uns geschildert und förmlich mit dem Finger gezeigt hat. Nur einige von jenen mit den langen Bärten und den dicken Lakonerstöcken – du weißt schon – machten Einwendungen: es sei schon viel gebaut worden; die neue Ringschule und das Odeion sei auch schon in Angriff genommen; man könne mit dem großen Marmortempel auf der Burg noch warten; der Bau werde ungeheure Summen verschlingen. Da kam aber Perikles. „Wenn ihr Athener" sagte er, „dies herrliche Werk nach dem Plane des Pheidias und des Iktinos nicht ausführen wollt auf öffentliche Kosten, so haben schon Hippias und Hipponikos, und Dionysodoros und Pyrilampes und viele andere der reichsten Männer Athens das Gelöbnis getan, den Bau mit ihren Mitteln zu betreiben, und diese Männer, nicht das Volk der Athener, werden sodann den Ruhm davon haben für immerwährende Zeiten!" Das war genug. Du kannst dir vorstellen, wie wir uns beeilten, die Hände mit lautem Ausruf emporzustrecken und zu bewilligen, was Perikles und Pheidias wollten. Und denke dir, wie wir eben im größten Eifer der Bewilligung sind, tritt Pheidias hervor, von Perikles gerufen, damit er uns die Kosten des Baues und der Bildwerke auseinandersetze, und sagt: „Aus Elfenbein und Gold gefertigt, wird meine Pallas Athene so und so viel kosten; aus Marmor oder Erz aber nur so und so viel" – Da scholl es von allen Seiten: „Aus Gold und Elfenbein! Nur nicht geknausert, Pheidias, und geh' sogleich an die Arbeit!" –

So erzählte der athenische Mann aus dem Volke unter lebhaften Gebärden dem neuen Beisassen aus Sikyon.

Ganz Athen war in einer Art von Aufregung, welche die von der Pnyx Herabkommenden überall hin verbreiteten.

Stolz wie ein König, träumend von Schauspielgeldern, öffentlichen Spielen, Prachttempeln, Schatzhäusern, Gold-

und Elfenbeinbildern, sich freuend über all dieses, als stünde es schon fertig da und wäre seines eigenen Hauses Zier, schritt durch das Tor des Südens der Bandkrämer von Halimos seiner Heimat zu. Er erzählte allen, denen er begegnete, von den Verhandlungen auf der Pnyx, und begrüßte, in seinem Flecken angelangt, sogar sein braunes Weib, das ihm mit dem Kinde auf dem Arme an der Schwelle des Hauses entgegenkam, feierlichst mit den Worten: *„Wir haben alles bewilligt!„*

Der Diskoswurf

Seit das von Perikles den tonkünstlerischen Aufführungen gewidmete Prachthaus mit einem Wettkampfe der Tonmeister eingeweiht und eröffnet worden, strömten die Athener fleißig herbei gegen den mittäglichen Fuß der Akropolis, um das eigentümliche Bauwerk und sein keilförmig zulaufendes, aus den Masten erbeuteter Perserschiffe erbautes Dach zu bewundern.

Aber gar bald folgte der Vollendung des *Odeion* die des *Lykeion*, und wie eben erst zu jenem, so drängt der Schwarm jetzt sich hinaus vor das gegen Sonnenaufgang gewendete Tor nach dem Ilissos hin, um die neue herrliche Ringschule, die nicht ihresgleichen hat, zu sehen.

Obgleich noch neu, sind Wände und Säulen doch schon hie und da bekritzelt mit schmeichelnden Inschriften, welche das Lob des einen oder des andern Knaben verkündigen. Denn nicht die schaffenden Bildner allein, welchen die Wohlgestalt der Jünglinge, bei vielen Leibesübungen sich zeigend, eine willkommene Schule des Naturgemäßen und des Schönen in der Bildkunst ist, auch die müßigen Schönheitsfreunde kommen hierher, um an dem Anblick reinentwickelter Jugendblüte sich zu ergötzen. Mit ihren begeisterten Kennerblicken wetteifert das Auge zärtlicher und ehrgeiziger Väter, welche mit stolzer Befriedigung die Übungen und Wettkämpfe ihrer Söhne verfolgen, die Kraftentfaltung und den Eifer derselben mit mancher lebhaften Gebärde, mit manchem lauten Zurufe spornend. Im Übrigen gibt es auch schwärmerische Liebhaber der gymnischen Künste, welchen die Schau derselben an und für sich selbst ein Labsal ist, und welche mit alternden Gliedern, wie verjüngt durch den Eifer, die Bewegungen und Übungen der Jugend, soviel deren vor ihren Augen gemacht werden, im Zusehen bewußt oder unbewußt mitmachen. Ja, bis auf einen solchen Grad steigt bei manchen dieser leidenschaftlichen Liebhaber die fest eingeborene Lust, daß sie nicht damit sich begnügen, tagelang müßige Zuschauer im Lykeion sowie in den Palästren abzugeben, sondern geraden Weges, wenn der Drang sie überkommt, werfen sie sich unter die Jünglinge, um an ihren Übungen teilzunehmen, oder sie fordern gar einen Altersgenossen aus der Menge zu einem Ringkampfe auf dem Sande des Gymnasions heraus. „Heda, Charisios," heißt es, „wollen wir nicht noch einmal ein Wettspielchen mit einander wagen, wie so oft in unserer glücklichen Ephebenzeit? Welche jungen Herkulesse waren doch wir – wie anders, als diese Knäblein von heute!" So heißt es, und die beiden Männer gedenken ihrer blühenden Jugendtage, und fassen sich, und ringen mit einander nach unvergessenen Regeln der Kunst im Kreise ermunternder Zuschauer.

Aber nicht bloß den körperlichen Übungen dient der Ort; er ist ein riesiger Gesellschaftssaal. Und so sehr ist er dies, daß alle die eigentlichen Übungsräume auf der einen, mittäglichen Seite des Peristyls hinter der doppelten Säulenhalle liegen, die drei übrigen Hallen aber, so wie die Baumpflanzungen, welche an die Ringschule sich schließen, nur dem geselligen Verkehr der Athener gewidmet sind. Hier finden mit ihren Bewunderern, Freunden, Schülern sich vielgesuchte Männer zusammen. Mag man hier doch immer noch ungestörter sich unterreden, als in den Hallen der lärmvollen Agora. Was die Nachwelt eifrig in bestaubten Bücherrollen lesen wird, das strömt lebendig hier von den Lippen der Denker. An den Meister und seine vorerst nur wenigen Schüler, die hier an seiner Seite horchend dahin schreiten, schließt aus der Menge wer da will sich an. Wenige Tage sind es, seit des Lykeions Räume ihre Pforten erschlossen, und schon könnt ihr den kühnen Flügelschlag des hellenischen Gedankens in denselben rauschen hören.

In jenem Greise mit den hellen Augen erkennt ihr den Freund des Perikles, den edlen Anaxagoras wieder. Gleich ihm hat mancher Athener schon gelernt, nach des Naturlaufs Gründen zu fragen, und über olympische Götterlaunen hinaus die ewigen Gesetze des natürlichen Geschehens aufzusuchen. Aber viele noch gibt es auch, die geneigt sind, eine unheimliche Art von Magier in ihm zu erblicken.

„Ist dies nicht der Weise von Klazomenä?“ fragt ein Athener, an einen der Schüler und Hörer in der Gruppe sich wendend, welche den Philosophen umgibt; „ist's nicht derselbe, von welchem man sagt, daß er einmal bei den Spielen zu Olympia mit einer Wildschur um den Leib sich hinsetzte, während die Sonne am heiteren Himmel schien, und denjenigen, die ihn deshalb bespöttelten, sagte, daß, bevor noch eine Stunde verflossen, ein Unwetter losbrechen würde, was denn auch in der Tat zu aller großer Verwunderung eintraf. Woher schöpfte wohl der Mann eine solche Voraussicht, wenn er nicht besser als irgend Einer auf übernatürliche Dinge und auf die Ausübung der mantischen Künste sich versteht?“

„Frage doch ihn selbst!“ erwidert der Schüler.

Der Athener befolgt den Rat und wiederholt seine Frage dem Anaxagoras ins Angesicht: „Bist du der Mann, der zu Olympia in einer Wildschur sich hingesetzt und ein Ungewitter vorausgesagt bei heiterem Himmel und hellem Sonnenschein?"

„Allerdings!" erwidert lächelnd Anaxagoras. „Und auch du hättest dasselbe vermocht, ohne Anwendung von magischen oder mantischen Künsten, wenn dich, wie mich, ein arkadischer Hirt belehrt hätte über die *Haube des Erymanthos.*"

„Was willst du sagen mit der Haube des Erymanthos?" fragt der Athener.

„Der Erymanthosi", versetzt Anaxagoras, „steht als ein hoher Gebirgstock dort, wo die Grenzen von Arkadien, Achaja und Elis zusammenstoßen; und sieht man von Olympia aus einen gewissen Gipfel dieses Gebirges bei großer Hitze und wehendem Nordost sich mit der leichtesten Wolkenhaube bedecken, so entladet binnen weniger als Stundenfrist sich ein Gewitter, das kühlen Schauer bringt und gewaltigen Regenguß über die pisatischen Auen."

Und als hierauf von den Umstehenden die Rede auf Entstehung und Ursachen der Gewitter gebracht wird, versichert Anaxagoras, der Blitz entstehe durch eine gewisse Art von Reibung der Wolken aneinander. Er geht auch auf andere Naturerscheinungen über und bringt ganz neue, ungewöhnliche Behauptungen vor; so z. B. will er wissen, die Sonne bestehe aus einer glühenden Erzmasse und sei größer als der Peloponnesos. Der Mond, behauptet er, sei bewohnt und habe Hügel und Täler.

Während solchergestalt der Weltweise mit seinen Hörern lustwandelt, anderswo lebendig erregte Kreise um den Politiker sich bilden oder um den Neuigkeitskrämer, sitzt in einer menschenleeren Ecke der entferntesten mitternächtlichen Halle des Lykeion auf der glattgemeißelten umlaufenden Marmorbank ein Paar, das über wichtige

Dinge in der Zurückgezogenheit mit Eifer zu verhandeln scheint.

Es ist ein Jüngling von ausnehmender Schönheit, und ein junger Mann von einer Gesichtsbildung, welche der seines Gefährten und Mitunterredners sehr unähnlich ist. Der bezaubernde „*Jüngling*“ war eben wieder die schöne Freundin des Perikles, die heute noch einmal zu dem Hilfsmittel der männlichen Verkleidung zu greifen sich entschlossen hatte, um eine der Lieblingsschöpfungen ihres Freundes, das nun vollendete Lykeion, zu besichtigen. Sie hatte sich diesmal den lange befreundeten Sokrates zum Begleiter erkoren.

Er hatte sich am frühen Morgen mit ihr dort eingefunden, um ihr das Innere der Ringschule zu zeigen, bevor die Übungen der Knaben und Jünglinge beginnen würden. Er tat mit Eifer das Seinige, indem er Aspasia umhergeleitete in des Gymnasions Mittelraume, dem ins Ungeheure ausgedehnten, von Säulenhallen umgebenen Hofe, hinter welchem geräumige Säle sich reihten, auch die Bäder nicht vergaß, noch die jungen Baumpflanzungen, die neben dem Gymnasion, als eine den Lustwandelnden willkommene Ergänzung desselben, auf dem wiesigen Grunde des Ilissosufers sich hinzogen.

Und so hatte er denn auch jetzt vorerst, in seiner nachdenklichen Art sprechend, erwogen, wie sinnvoll Perikles das Odeion durch das Lykeion ergänzte und wie er damit vielleicht habe sagen wollen, daß die musischen und die Turnkünste immer verschwistert bleiben müßten, und daß sie vereinigt die harmonische Tüchtigkeit des Leibes und der Seele erzeugten, und daß nicht bloß in Erz und Gestein der Grieche das Schöne bildend und schauend genießen wolle, sondern im eigenen lebendigen Wesen, dem leiblichen und seelischen; es zu verwirklichen durch einen starken Drang seiner Natur sich getrieben fühle.

Und nachdem er schon der Führerpflicht genügt, wußte er Aspasia noch immer festzuhalten, sie noch tiefer in ein Gespräch zu verstricken. Mit ihr auf der zierlichen Steinbank einer der am wenigsten von Menschen erfüllten, entferntesten Hallen sich niederlassend, war er wieder auf jenen Lieblingsgegenstand zurückgekommen, den er auf die Bahn zu bringen nie versäumte, so oft er der schönen Milesierin habhaft werden konnte.

★

In demselben Augenblicke kam ein Knabe, fast atemlos, flüchtend die Halle herauf gelaufen, stürzte sich, als er den Sokrates erblickte, auf diesen, riß den Mantel desselben an sich und verbarg darin seine nackten Glieder.

Der Wahrheitssucher wußte nicht, sollte er seine Blicke auf die von ihm hinweg enteilende Aspasia, oder auf den zu ihm sich flüchtenden Knaben richten. Er sah aus wie ein Mann, dem eine Taube aus der Hand entflieht, und dem im selben Augenblick eine Schwalbe an den Busen fliegt ...

Der Knabe, in den Mantel gewickelt, schmiegte sich in seinen Schoß, und bat flehentlich, noch immer keuchend vor Angst, ihn zu verbergen und zu beschützen.

„Wessen Sohn bist du, und was ist der Grund deines ängstlichen Entweichens?“ fragte Sokrates den Knaben.

„Ich bin des Kleinias Sohn, des Perikles Mündel, Alkibiades geheißen!“

So antwortete der Knabe. – In folgender Art aber hatte sich zugetragen, was das Söhnlein des Kleinias zwang, mit nackten Gliedern zitternd sich in den Schoß des Sokrates zu flüchten.

Zur Zeit, als dieser neuerdings sich in ein Gespräch mit

Aspasia vertiefte, hatten die Übungen der Jünglinge und auch der Knaben in den dazu bestimmten Räumen des Lykeion begonnen.

Perikles und seine Begleiter umstanden mit vielen Anderen den Übungsplatz der Knaben.

Es war eine Schau voll lebendiger Anmut, diese schönen, munteren, zarten, und doch schon durch die Vorübung der Palästra gekräftigten, unverderbt knospenden Knabengestalten, der purpurnen Chlamis entkleidet, im Sande der Ringschule sich tummeln zu sehen.

Unter allen aber leuchtete der Knabe Alkibiades hervor, einer der Jüngsten zwar, aber fest schon auf den Beinen, und etwas Trotziges, Keckes in seinem Wesen zur Schau tragend. Aber das Kecke und Trotzige wurde gemildert durch den Reiz seiner Schönheit. Die Bildner drängten sich herzu, um dieses noch unentwickelte, aber gleichsam in leiser Andeutung sich ankündende Muskelspiel, diese Wohlgestalt, diese gleichsam auf einen verjüngten Maßstab zurückgeführte jugendlich-männliche Formenharmonie zu bewundern.

Nebst dem jungen Alkibiades befanden sich unter den Knaben auch seine beiden Altersgenossen, die Sprößlinge des Perikles, Xanthippos und Paralos; ferner der kleine Kallias, des reichen Hipponikos Sohn, mit welchem Alkibiades schon Freundschaft geschlossen hatte. Auch das Söhnlein des reiches Pyrilampes, Demos geheißen, war da zu sehen.

Die Knaben, feurig und lebhaft, wie sie waren, konnten den Beginn der Übungen kaum erwarten.

Mit dem Wettlaufe begannen jetzt unter der Leitung der Paidotriben die Übungen der Knaben.

Die Paidotriben unterwiesen ihre Zöglinge, wie sie im Laufe haushalten sollten mit ihrem Atem und mit ihrer

Kraft, wie sie die oberen und die unteren Glieder im Gleichmaß bewegen, wie sie mit erhobenem, gleichsam schwebendem Fuße weit ausschreiten sollten, um mit der kleinsten Anzahl von Schritten den größten Raum zu durchmessen; auch gewisse taktmäßige Bewegungen der Arme lehrten sie die Knaben, welche nach ihrer Meinung geeignet waren, dem Ausschreiten der Füße entsprechend, die Schnelligkeit der Bewegung zu fördern.

Doch, siehe da! Der kleine Alkibiades wollte von dieser Lehre nichts wissen: Er erklärte die Bewegungen der Arme, zu welchen man ihn zwingen wollte, für unschön, und stritt sich mit dem Paidotriben über die Sache. Begütigend mischte einer der Aufseher und Leiter der Übungen sich in den Streit, streichelte die Wange des Knaben und lobte seinen Eifer für die Bewahrung der dem Auge wohlgefälligen Schönheit in Bewegung und Haltung, verwies ihn aber in Betreff der Zweckmäßigkeit jener Bewegungen auf das Beispiel der mauretanischen Strauße, welche ihren Lauf durch die Bewegung der kleinen Flügel, die sie gleichsam wie Segel gebrauchen, unterstützten.

Die Knaben liefen gegen das Ziel in einem fröhlichen Geschrei, das immer stärker erscholl, je mehr sie dem Ziele sich näherten. Mehrmals wurde der Wettlauf wiederholt – immer war der erste am Ziel der junge Alkibiades.

Nach den Übungen des Laufes kamen die des Sprunges, des Hochsprungs, des Weitsprungs, des Tiefsprungs, an die Reihe.

Die Paidotriben gaben den Knaben Gewichte in die Hand, und lehrten sie dieselben so gebrauchen, daß sie, weit entfernt, die Leichtigkeit des Sprungs zu hemmen, vielmehr den Schwung des Leibes nach vorwärts beförderten. Auch diese Gewichte mißfielen dem eigenwilligen Knäblein Alkibiades, und wenig fehlte, so hätte er sie einem derjenigen, welche über das sittliche Wohlverhalten der Knaben zu wachen hatten, und der ihm sein widerspenstiges Benehmen mit etwas scharfen Worten verwies, an den Kopf geworfen. Zorn und Scham bemächtigte sich des Perikles, als er, mit seinen Freunden unter den Zuschauern stehend, Augenzeuge ward von der Zügellosigkeit des Knaben. Aber er lächelte versöhnt, als unter dem Beifallsklatschen der Zuschauer der Sohn des Kleinias auch im Sprunge allen Altersgenossen den Vorrang abgewann.

Jetzt wurden die Knaben von den dazu bestimmten, sogenannten Aleipten mit Öl gesalbt für den Ringkampf. Das ließ der kleine Alkibiades sich noch gefallen; als man ihm aber den durch das Öl geschmeidigten Leib mit Staub bestreute, um die Schlüpfrigkeit der eingeölten Glieder zu mindern, so legte er gegen diese Verunreinigung lebhafte Verwahrung ein. Aber hier fügte man sich nicht, wie in der Palästra, den eigenwilligen Launen des Knaben; hier galt des Gymnasions strengeres Gesetz und das Söhnlein des Kleinias mußte sich fügen.

Paarweise traten die Knaben zum Ringen an.

Mit gelinder Beugung des Knies den rechten Fuß ein wenig vorzustrecken, den Arm zum Angriff wie zur Abwehr auszulegen, Hals und Haupt nicht nach vorn zu neigen, auch den Unterleib einzuziehen, die Brust aber zu runden und zu wölben, des Gegners Bewegungen vorauszuerspähen, im Angriff wie in der Verteidigung beständig kunstgemäß zu verfahren, wurden die Knaben von den Paidotriben unterwiesen. Wie man ferner den Gegner mehr durch Gewandtheit als durch Kraft zum Fallen bringen, den Gefallenen aber mit Händen und Füßen so umschlingen und verwickeln könne, daß er regungslos bleiben und darauf verzichten müsse, sich wieder vom Boden zu erheben, das wurde nebst allen übrigen Kunstgriffen den jugendlichen Ringern eifrig eingeprägt. Aber auf Anstand auch und selbst auf Anmut der Bewegungen richteten die Lehrer und Aufseher der Übungen ihr Augenmerk. Nicht auf Kraftentwicklung bloß und Gewandtheit bezogen sich die Regeln, welche sie gaben, sondern auch auf Schaustellung jeder Art von Wohlgestalt, und jener schönen, freien, leichten Art von Haltung, durch welche der Athener sich von Barbaren und selbst von manchen Griechen unterschied.

Der junge Alkibiades rang mit dem ältesten unter den Knaben, und streckte ihn durch einen Kunstgriff, welchen er nicht den Paidotriben verdankte, sondern in des Augenblickes Drang und Nötigung selbst gefunden hatte, in den Sand.

Nun wurden den Knaben die Schabeisen gereicht, damit sie sich den ölgetränkten Staub von den Gliedern schaben konnten, und nachdem dies geschehen, erhielt jeder von ihnen eine Diskosscheibe, auch eine kleine Stange statt des Speers, beides zu den Übungen im *Wurfe*. Die Diskosscheibe der Knaben war nicht wie sonst von Erz, sondern aus dem Holze einer harten Art geschnitzt. Nichts Leichtes war der Diskoswurf, wenn er kunstgerecht ausgeführt werden sollte. Beim Wurfe die rechte Körperhaltung anzunehmen, ferner der Wurfscheibe, nachdem sie mit etwas Erde rauh gemacht worden, um sie sicherer fassen zu können, die beste Lage in der Hand zu geben, dann aber die Hand in eine wiegende Bewegung zu bringen, um gleichsam das Verhältnis der Kraft, welche aufzuwenden war, zu dem Gewichte richtig abzuwägen, den Diskos schwungrecht und die Muskeln des Armes spannkräftig zu machen, wohl auch die Scheibe im Halbkreisbogen zu schwingen und dann aus der Tiefe herauf in die Ferne zu schleudern – das alles wurde, wie den anderen Knaben, auch dem Alkibiades eingeschärft; er aber verachtete diese Regeln, und als die Knaben einer nach dem andern zum Wurfe antraten, und die Weite, welche jeder Einzelne mit seinem Wurfe erreichte, am Boden durch ein Zeichen ersichtlich gemacht wurde, schleuderte der Sproß des Kleinias, als an ihn die Reihe kam, seinen Diskos wie es ihm gefiel. Dennoch flog seine Scheibe über die der andern weit hinaus.

Da trat noch ein starker Knabe hervor, der im Diskoswurf eine besondere Fertigkeit besaß. Dieser versuchte nun sein Glück, und achtsam, mit Beobachtung aller Regeln der Paidotriben, warf er den Diskos, und überholte zwar nicht den Wurf des Alkibiades, blieb aber auch hinter demselben nicht zurück. Seine Scheibe und die des Alkibiades lagen in gleicher Entfernung von den übrigen.

Alkibiades erbleichte. Zum erstenmale sollte er seine Siegesehre mit einem andern teilen. Stumm und vor Aufregung zitternd stand er da, und warf Blicke des Unmuts nach seinem Nebenbuhler hinüber. Dieser aber vermaß sich zu behaupten, seine Scheibe liege, genau genommen, noch ein Weniges über die des Alkibiades hinaus.

Bei dieser Behauptung wurde der junge Alkibiades von unbeschreiblicher Wut ergriffen, erhob seine Rechte, und schleuderte mit aller Gewalt den Diskos, den er in der Hand hatte, nach dem Haupte des Gegners. Und nur zu gut erreichte der Wurf sein Ziel; ohnmächtig und blutend sank jener Knabe zusammen.

Ein großer Tumult entstand. Der fast auf den Tod Verwundete mußte hinweggetragen werden. Bei diesem Anblick erbleichte und zitterte der junge Alkibiades einen Moment; als aber die Verwandten und Befreundeten des verwundeten Nebenbuhlers mit Vorwürfen und Drohungen auf ihn eindrangen, zeigte er sich sogleich wieder gefaßt und trotzig.

Jetzt aber sah er den zürnenden Perikles in Gesellschaft des würdevollen Gymnasiarchen auf sich heranschreiten, und merkend, daß man ihn ergreifen, hinwegführen, vielleicht gar in schmählicher Weise züchtigen wolle, wendete er sich plötzlich, durchbrach den Ring der Umstehenden, wo er am wenigsten dicht war, und entfloh mit jener Behendigkeit, welche ihm früher beim Wettlauf zum Siege verholfen hatte.

Man schickte sich an, ihn zu verfolgen, aber bald war er den Augen seiner Häscher entschwunden.

Im abgelegensten Teile des Lykeion war er auf den Sokrates gestoßen, hatte sich, wie schon erzählt, auf ihn gestürzt, und schutzflehend sich in seinen Mantel geborgen.

„Der Sohn des Kleinias also bist du?“ sagte Sokrates in sanftem und ruhigem Tone, nachdem ihm der Knabe auf sein Befragen den Anlaß seiner Entweichung erzählt hatte. „Nimmst du bei deinem Tun und Lassen keine Rücksicht auf Lob und Tadel, keine Rücksicht auf den Wunsch und Willen so vortrefflicher und angesehener Männer, von welchen du stammst, oder welchen du durch Geburt verwandt bist?“

„Ich will nicht immer tun, was die anderen wollen,“ sagte der Knabe trotzig; „ich will tun, was mir beliebt und was ich selber will und was ich mir vorsetze.“

„Du hast ganz Recht,“ erwiderte Sokrates, immer ruhig; „der Mensch muß tun dürfen, was er selber will und was er sich vorgesetzt hat. Aber was hast du denn eigentlich gewollt und was hast du dir vorgesetzt, als du heute Morgen mit den andern Knaben hierher kamst in das Lykeion?“

„Der Erste zu sein in allem!“ rief lebhaft der kleine Alkibiades. „Der Erste zu sein, mich auszuzeichnen, und die größten Ehren unter allen davonzutragen! Das hatte ich mir vorgesetzt!“

Dann hast du also doch nicht getan, was du eigentlich wolltest und was du dir vorgesetzt", bemerkte mit unveränderter Ruhe Sokrates. „Du wolltest dich auszeichnen, wolltest mit Ruhm bedeckt das Lykeion verlassen; in der Tat aber bist du mit Schmach und Schande fortgehetzt worden, und hast vielleicht noch gar, wenn du den Deinigen zurückgegeben wirst, eine Züchtigung zu erwarten. Warum bist du denn nicht geraden Weges auf das, was du erreichen wolltest, losgegangen, und hast deine Zeit mit Nebensachen, die dich vom Ziele abführten, verloren? Du bist nicht hierher gekommen, um deinem Altersgenossen mit dem Diskos ein Loch in das Haupt zu werfen, sondern, wie du sagst, um Lob und Ehre zu erringen. Dein Fehler war, daß du einen Augenblick ganz und gar vergaßest, was du hier eigentlich wolltest, und dich auf Nebendinge einließest, welche zur Folge hatten, daß du, statt mit Ruhm bedeckt, mit Schmach und Schande aus dem Gymnasion flüchten mußtest?"

Es geschah dem Knaben Alkibiades zum erstenmal, daß ihm das Gesetz des zweckmäßigen Verhaltens nicht als willkürlich und äußerlich Drohendes, sondern als etwas in ihm selbst Lebendiges, mit seinem eigensten Wollen wesenhaft Verbundenes vor Augen gestellt wurde.

Überhaupt lag etwas in diesen Worten des Sokrates, und in dem Tone, in welchem sie gesprochen wurden, was dem Knaben Vertrauen einflößte. Er sah dem Manne ernst und schweigend ins Antlitz, er sah ihm in die mild-freundlichen, braunen Augen, und sein Vertrauen wurde im selben Augenblicke fast unbewußt zu einer Sympathie, wie er sie bisher für keinen Menschen empfunden hatte.

Jetzt sah man die Leute, welche den Knaben Alkibiades suchten, darunter den Perikles im Geleite des Gymnasiarchen, sich nähern.

Neuerdings begann der Knabe zu zittern.

„Fürchte nichts!“ mahnte Sokrates; „ich werde es mit der Götter Hilfe versuchen, dich auszusöhnen mit all diesen grimmigen Feinden und Verfolgern!“

Die sich Nähernden erkannten den Sokrates, und, an ihn geschmiegt, in sein Himation gehüllt, den Knaben, den sie suchten. Es war, als sähe man den Knaben Achill in Gesellschaft seines Lehrers und Pflegers, des ungeschlacht-gutmütigen Kentauren.

Als Perikles und der Gymnasiarch mit den Übrigen herangekommen und gerade auf den Sokrates zuging, sagte dieser:

„Ich weiß, wen ihr sucht, ihr Männer; aber der, den ihr sucht, ist mein Schutzbefohlener, wie ihr seht, und ich werde ihn nicht ausliefern, sondern ihn, wie es meine Pflicht ist, nach Kräften verteidigen. Er ist, wie er mir sagt, ins Lykeion gekommen, um sich auszuzeichnen, was ihm nur deshalb nicht völlig gelang, weil er aus Vergeßlichkeit sich mit Dingen befaßte, die nicht zur Sache gehörten, indem er nämlich einem Gespielen den Diskos an den Kopf warf, was ihm Unehre brachte, statt der Ehre, die er eigentlich gesucht. Was die Verwundung jenes Knaben anlangt, so bedenkt, ihr Männer, daß ein ganz ähnliches Unglück oder Vergehen, wie ihr es nennen wollt, auch durch Götter- und Heroenhände schon geschehen ist; denn, wie ihr wißt, hat selbst Apollon seinen Liebling Hyakinthos, und der Held Perseus seinen Großvater Akrisios mit einem Diskoswurfe getötet. Es ist wahrscheinlich, daß dieser dunkelgelockte, feueräugige Knabe den Göttern und Helden ähnlich werden könnte, wenn er wollte, auch in *anderen* Dingen ...“

Der Zorn des Perikles legte sich bei dem Anblicke des wiedergefundenen Knaben, aus dessen Gesichte jede Spur von Trotz verschwunden war. Er richtete an den Fürsprecher einige freundliche Worte, welche zugleich den noch immer der Züchtigung Gewärtigen beruhigen konnten, und befahl hierauf dem Pädagogen, den Knaben anzukleiden und aus dem Lykeion hinweg nach Hause zu führen.

Sokrates schloß sich dem Perikles und dem Gymnasiarchen an, und die Männer unterhielten sich noch eine Weile von der seltsamen Mischung herrlicher und verderblicher Eigenschaften, welche sich in der Natur des Söhnleins des Kleinias begegneten.

Dieses selbst aber verließ an der Hand des Pädagogen nicht den Ort, ohne sich mit einem warmen Blick aus seinen dunkelleuchtenden Augen von dem Schützer und Fürsprecher zu verabschieden.

In solcher Art wurde der seltsame Herzensbund geschlossen zwischen Sokrates, welchen sie den Häßlichen nannten, und dem schönsten aller Hellenensöhne, dem jungen Alkibiades.

Die Seeschlacht

„Hätt‘ es nicht gedacht,“ rief der alte Kallippides in einer der zahlreichen Gruppen des Athenervolkes, welche, auf dem großen Markte des Piräus zusammenstehend, sich mit Eifer besprachen – „hätt‘ es nicht gedacht, als ich neulich an der Vorkämpferin Athene auf der Burg vorüberging. Ich sah den Speer der Göttin voll Baumgrillen, welche darauf saßen und zirpten. Das bedeutet Friede, sagte ich zu mir selbst. Aber freilich, den nächsten Tag ist kurz vor der Volksversammlung ein Wiesel über die Pnyx gelaufen ...“

„Du willst doch nicht Unheil krächzen, alte Dohle?“ riefen die andern.

„Samos kann andere Bundesgenossen zum Abfall verleiten,“ entgegnete der Alte, „es kann eine Empörung gegen uns erregen, Sparta kann sich einmischen, ein allgemeiner Hellenenkrieg kann entbrennen. Es liegt, wie man zu sagen pflegt, viel Zunder aufgehäuft. Was kümmert es uns so eigentlich, ob die Samier oder die Milesier Priene besitzen?“

„Das Ansehen Athens muß aufrecht erhalten werden!“ fiel ein Jüngerer heftig ein, indem er die Hand ausstreckte und den Kopf über den stramm gehaltenen Nacken emporwarf. „Samos und Milet haben als Angehörige des Bundes ihre Streitsachen der Entscheidung Athens, als des Hauptes der Bundesgenossenschaft, anheimzustellen. Samos verweigert dies. Und darum ist Perikles in Wut entbrannt gegen die Samier …"

„Und in seiner Wut hat er den sanften Sophokles von der Volksversammlung zum Mitfeldherrn sich ausgebeten!" sagte lächelnd einer von den Männern.

„Der Antigone wegen!" riefen andere. „Er hat recht getan. *Es lebe Sophokles*!"

„Ihr wißt alle nichts!" sagte hinzutretend der Bartscherer Sporgilos, den die Neugier und die Aufregung des Zeitlaufs in den Hafen getrieben. „Ihr wißt alle nichts in dieser ganzen Angelegenheit: ihr wißt nicht, wie dieser ganze samische Handel entstanden, und wer ihn eigentlich angezettelt!"

„Es lebe Sporgilos!" riefen einige. „Hört den Sporgilos! Der ist einer von denjenigen, welche immer des Morgens genau wissen, was Zeus mit der Hera in der Nacht geplaudert hat!"

„Gleich soll eine Lügenblase faustgroß auf der Nase mir auffahren," rief Sporgilos, „wenn das, was ich euch jetzt erzählen werde, nicht die volle Wahrheit ist! Aspasia, die Milesierin, hat den Perikles beschwatzt. Ich weiß es ganz genau – hört mich nur an! Am Tage nachdem die milesische Gesandtschaft hier eingetroffen war, stand ich eben auf dem Markte, als die Gesandten vorbeikamen und dabei um sich sahen, wie Leute, die nach etwas fragen wollen. In der Tat kam einer von ihnen auf mich zu und sagte: „He da, athenischer Freund, kannst du uns nicht die Behausung der jungen Milesierin Aspasia weisen?" Die Männer glaubten gewiß, ich kenne sie nicht: ich kannte sie aber – schon an ihren geschmeidigen Manieren und kostbaren Gewändern würde ich sie erkannt haben, wenn ich sie nicht sonst schon gesehen hätte. Ich erwies mich ihnen so höflich als ich konnte, und beschrieb ihnen aufs Genaueste das Haus der

Milesierin und den Weg dahin, worauf sie sich schönstens und bestens bedankten und schnurstracks den Weg einschlugen, den ich ihnen gewiesen. Es war schon dämmernder Abend. Sie schlichen in die Behausung der Milesierin. Merkt ihr's nun? Die Gesandten, sag' ich euch, haben mit der Milesierin heimlich verhandelt; sie hat hernach dem Perikles das Kinn gestreichelt und ihm den großen Zorn eingeflößt gegen die Samier ..."

„Da habt ihr's!" rief einer von den Zuhörern. „Sporgilos weiß also in der Tat, was die *Hera* mit dem *Zeus* geplaudert hat. Doch – da seht den Perikles mit seinem Gefährten Sophokles – er drillt ihn ohne Zweifel soeben für sein neues Amt!"

In der Tat sah man die beiden Männer abseits an ziemlich menschenleerer Stelle zwischen den Säulen wandeln. Sie hatten sich in ein vertrauliches Gespräch vertieft.

„Wahrhaftig!" sagte Sophokles, „du überraschest die Athener; man hätte den Perikles in diesem Augenblicke zu allem eher geneigt geglaubt, als *dazu*. Denn völlig aufgegangen schien er jetzt in den Werken des Friedens, in der Förderung des inneren Gedeihens und – in der Liebe zur schönen Aspasia ..."

„Freund!" sagte Perikles lächelnd, „ist es denn zu verwundern, wenn den Strategen die Lorbeeren seiner mit Kelle, Meißel und Griffel arbeitenden Freunde nicht ruhen lassen? Schon lange, ich gestehe es dir, fühlte ich in meinem Innern mich befangen und unruhig. Ich dünkte mich müßig unter all diesen rastlos Tätigen, und fast beschämend erschienen mir bisweilen die weichlichen Rosenbande, die mich fesselten."

„Wie?" entgegnete Sophokles, „daß du in Wirklichkeit doch der Rastloseste bist unter den Rastlosen, daß alles, was getan und geschaffen wird, nur durch dich möglich gemacht, gefördert und zu gutem Ende hinausgeführt wird, das rechnest du für nichts?"

„Es genügt nicht den Forderungen, die einer von uns, wie wir da sind, an sich selber stellen mag!" erwiderte Perikles. „Ich will nicht bloß Helfer sein, ich will etwas Eigenstes vollbringen, und da kann ich als Stratege eben nur wieder zum Schwerte greifen. Warum sollte ich allein vom schönen Feuer der Ehrbegier, das ringsum mich entbrannt ist, unberührt bleiben?"

„Und du willst diesmal durchaus deinen Kriegsruhm mit *mir* teilen?" fragte nach einer kleinen Pause der Dichter.

Perikles lächelte nur wieder. „Sei getrost," sagte er dann; „es ist nur eine kleine Fahrt zu unserm Vergnügen, die wir unternehmen, ein Seezug von wenigen Wochen; denn an einen ernsten Widerstand der Samier gegen das mächtige Athen ist nicht zu denken. Samos ist eine prächtige Stadt, die dir sicher gefallen wird; Melissos, der Befehlshaber des samischen Geschwaders, das wir uns gegenüber haben werden, ist, wie du weißt, ein namhafter Philosoph aus der eleatischen Schule, dessen Bekanntschaft du vielleicht mit Vergnügen machen wirst; und wenn wir an Chios vorübersegeln, so wollen wir deinen Dichtergenossen Ion, den Tragiker, besuchen, der dort hauset in schöner behaglicher Muße."

„Du willst Ion besuchen?" rief Sophokles; „erinnere dich, daß er nichts Gutes von dir hält, seit du sein Nebenbuhler bei der schönen Chrysilla gewesen."

„Mein Verhalten gegen einen Menschen," erwiderte Perikles, „wird niemals dadurch bestimmt, was er von mir hält, sondern dadurch, was ich von ihm halte. Ion ist ein wackerer Mann. Er wird uns mit der besten Sorte seines einheimischen Chiers bewirten, obgleich du sein Nebenbuhler in der Tragödie gewesen."

Der Dichter ergab sich heiter in sein Schicksal. Perikles begann ihn über das, was sein neuer Beruf mit sich brachte, zu unterrichten.

Wenn man in jenen Tagen ein beschriebenes Blatt in den Händen des Sophokles sah, so war es kein tragischer Entwurf, kein Chorgesang, kein Hymnus auf den Eros oder Dionysos, sondern die Liste der seepflichtigen Mannschaft, die er einberufen, der reichen Bürger, welche er auffordern mußte, als Trierarchen die einzelnen Schiffe zu führen und zum Teil auch auszurüsten. Aus der lieblichen Einsamkeit seines grünen Kephissostales sah er sich jetzt von Perikles mit hinausgeschleppt in die Zeughäuser und Kriegshäfen von Zea und Munychia, in den Lärm des Piräus, wo die gefürchteten Meeresdrachen der Athenerflotte aus ihren Behältern wieder in die Flut gezogen wurden, ins Getümmel der Arsenale, wo es ein Scharren gab und ein Hobeln, Hämmern, Nageln, Kreischen ohne Rast. Schier unheimlich wurde es im Beginne dem schönheitsseligen Dichter dort beim Geschrei der Ruderknechte und Matrosen, den zur Zeit noch müßigen, unter welchen es Streit gab um anmutige Flötenmädchen und zuweilen auch Löcher in den Köpfen. Das Ohr gellte ihm von den schrillen Bootmannspfiffen, Rudertaktrufen, Fanfaren: denn mit denjenigen Trieren, deren Ausrüstung bereits vollendet war, stellten ihre Trierarchen täglich kleine Wettfahrten im Golfe an, um zu erproben, welches von den Schiffen am besten und raschesten segle.

Als nun aber der Tag zu der Abfahrt herangekommen war und man die hochgebordeten Schiffe mit ihren drei übereinander sich erhebenden, umlaufenden Ruderreihen, mit den ragenden, schwanenhalsartig emporgetürmten Vorder- und Hinterteilen, dem Schmuck ihrer Bemalung, den goldglänzenden Pallasbildern und anderen Emblemen, den drohend zugespitzten Balken des Schiffskiels, frei und kühn in wohlgeordneten Reihen auf der blauen Welle schweben sah, und auf das Zeichen einer Trompete eine feierliche Stille eintrat, während welcher der Herold mit lauter Stimme vom Bord des Admiralschiffes ein Gebet sprach, welches alle von den einzelnen Schiffen aus nachsprachen, und in welches selbst das Volk vom Ufer aus mit einstimmte, und Opferrauch emporstieg vom Verdeck der Schiffe in die blaue Morgenluft, das gesamte Heer aus goldenen und silbernen Bechern Trankopfer ausgoß und einen Päan zu singen begann, zuletzt aber die Flotte sich in Bewegung setzte, die Segel sich im Winde entfalteten, das Meer unter dem Schlage unzähliger Ruder erbrauste, und, begleitet von Segenswünschen der Nachblickenden, die lange Reihe der Fahrzeuge aus dem Hafen auf die offene See hinauszog – da war der Dichter Sophokles zum Strategen geworden mit ganzer Seele, und nicht hochgemuteter kann sein Held Ajas aus Salamis gen Troja gezogen sein, als jetzt er selber aus dem Gau von Kolonos gen Samos zog.

Nach Verlauf einiger Wochen lief ein Schnellsegler mit Berichten des Perikles für den Rat und die Volksversammlung in den Piräus ein. Der Befehlshaber desselben Schiffes, das diese Nachrichten überbrachte, bestellte insgeheim, nicht als Trierarch, sondern als persönlicher Freund des Strategen Perikles, ein Schriftstück, das nicht für die Öffentlichkeit bestimmt war. Es war ein Schreiben des Perikles an seine Freundin Aspasia.

Das Schreiben lautete:

„Ich weiß nicht, wie es zuging, daß meine Brust kaum jemals höher schlug, als in dem Augenblicke, da ich mit der Flotte den Hafen von Athen verließ und wieder die hohe See unter mir fühlte. Als ich auf dem Verdeck des Schiffes stand und die Winde des Agäermeeres meine Stirne bestrichen, da war es, als ob mit ihnen ein Hauch der Freiheit mich umwehte, und als ob ich mich selbst wiedergewonnen hätte. Wiedergewonnen? Ein törichtes Wort! Hatte ich mich denn verloren? Ich wußte nicht – wenn nicht etwa an dich, Aspasia! Ich zürnte dir beinahe. Aber als ich mich besser besann, da mußte ich mir sagen, daß ich dir das Unrecht tat, und daß ganz im Gegenteil gerade das, was von deinem Wesen ausgeht, und was niemals ein Erschlaffendes, sondern immer ein bewußt oder unbewußt Spornendes, Treibendes ist, mich beherrschte und aus dem stillgewordenen Athen mich auf das Feld der Taten hinauszog.

So brauche ich mich denn nicht mehr meiner Liebe zu dir, noch des Verlangens, das ich schon jetzt wieder nach dir empfinde, zu schämen.

Schlechtgerüstet fand ich die Samier und in halber Vorbereitung überrascht. Ich schämte mich fast des leichten Sieges. Zu tun schien bald nichts mehr übrig, ich schickte mich also an, nach Athen zurückzukehren, in der Hoffnung, es würde mir bei der Einfachheit der zum Erfolge aufgewendeten Mittel wenigstens die Raschheit des Erfolges zum Ruhme gereichen. Ob an dieser beschleunigten Heimkehr nicht auch das Verlangen, das, was ich in Athen zurückgelassen, sobald als möglich wiederzufinden, einigen Anteil hatte? Jedenfalls aber erwies sich die Eile, mit welcher ich zurückkehren wollte, nicht als so vorteilhaft, wie die, mit welcher ich ausgezogen war. Ich lernte, daß man im Kriege mit Eile ins Feld rücken, aber bedachtsam heimkehren müsse.

Doch wozu soll ich dir von Dingen berichten, welche nun wohl zu Athen in aller Munde sind? Unsere Flotte brennt vor Eifer, den früher versäumten Seekampf nachzuholen; selbst der sanfte Sophokles glüht in diesem Augenblicke vom Feuer des Ares. Ich habe ihn nach Chios und

Lesbos gesendet, um die Schiffe der Verbündeten von dort herbeizuholen; andere Verstärkungen sind unterwegs.

Sende mir Nachrichten von dir und den Freunden zu Athen durch denselben mir befreundeten Trierarchen, der dir dies Schreiben übermittelt hat, und wisse, daß ich auf deine Nachrichten nicht weniger gespannt bin, als du auf die meinigen. Sage dem Pheidias, daß er sich nicht stören lasse durch den Lärm des Krieges in seiner ruhigen Friedensschöpfung. Des Heimkehrenden schönste Freude wird es sein, wenn ihm die hohen Tempelsäulen des Burgberges der Vollendung nahegerückt entgegenleuchten."

Dies also war der Inhalt des Schreibens, welches Perikles an Aspasia sandte. Die Milesierin erwiderte dasselbe wie folgt:

„Es freut mich, daß du so rasch von dem Gedanken zurückgekommen bist, das Wesen des kühnen Perikles sei in letzter Zeit durch Aspasia verweichlicht worden. Muß ich nicht im Gegenteile mir den Vorwurf machen, daß ich durch die Fürsprache, die ich für meine Landsleute bei dir einlegte, dich hinaustreiben half auf das Feld der Taten, wie du es nennst?

Nicht unvorteilhaft dünkt mich eine solche kurzwährende Trennung; denn ein wenig überdrüssig scheinst du bereits des Friedens geworden. Aber das frühe Verlangen, mich und die Freunde wiederzusehen, hast du dir schon deshalb nicht zum Vorwurfe zu machen, weil die Sehnsucht, Liebgewordenes wiederzusehen, ja immer am stärksten ist unmittelbar nachdem man es verlassen oder verloren hat. Ich fürchte, du wirst die Entfernung immer leichter ertragen, je länger sie dauert, und am Ende, wie Agamemnon vor Troja, zehn Jahre lang, wenn es sein muß, in zunehmender Gemütsruhe vor Samos liegen.

Mein Verlangen nach dir dagegen kann nicht schwächer

werden durch die Zeit, denn es wird genährt durch Tatlosigkeit und Einsamkeit. Du hast mich hier vereinsamt zurückgelassen, du hast den mildheitern Sophokles mit dir fortgenommen und den glänzenden Protagoras mit einer Kolonie ins ferne Ausland gesendet. Nur Sokrates ist da, und dieser sucht zuweilen meine Gesellschaft. Aber sei es nun aus Mißtrauen gegen mich, oder gegen sich selbst, oder gegen dich – er wagt sich nicht ohne fremdes Geleit in meine Nähe und erscheint an meiner Schwelle immer in Gesellschaft eines Kauzes, der beinahe so wunderlich ist als er selbst. Es ist der Tragödiendichter Euripides, unseres Sophokles jüngerer Nebenbuhler. Er und Sokrates sind unzertrennliche Freunde und man sagt sogar, dieser helfe ihm bei Abfassung seiner Tragödien, weil dieselben so reich sind an sinnigen Sprüchen. Aber das ist töricht. Die Beiden sind einander so ähnlich von Natur, daß ich nicht weiß, was einer von dem andern zu entnehmen brauchte. Sie triefen alle beide von Weisheit. Was Sokrates unter den Denkern, das ist Euripides unter den Dichtern: ein Grübler und ein Sonderling. Auch ein Bücherwurm: er hat sich eine große Büchersammlung angeschafft und lebt da ganz den Musen. Im Übrigen sieht er aus wie alle Poeten: ein von Anbeginn altes Gesicht auf einem ewig jugendlich beweglichen Leibe. Er ist zurückgezogen, mürrisch und schroff in seinem Wesen und geht nur mit Sokrates und den Sophisten um. Indessen vermochte Sokrates doch so viel über ihn, daß er begierig wurde, mich zu sehen.

„Dieser Mann hier“, sagte Sokrates, als er ihn mir vor Augen brachte, „ist der vortreffliche Tragödiendichter Euripides, den du, wie ich hoffe, doppelt bewundern wirst, wenn du hörst, daß sein Vater Mnesarchos ein Schenkwirt, und seine Mutter Kleito eine Gemüsehändlerin gewesen. Auch mußt du wissen, daß er gerade am Tage der großen

Perserschlacht von Salamis auf dieser Insel selbst geboren wurde."

„Eine große Vorbedeutung!" sagte ich.

„Das ist möglich," nahm Euripides selbst das Wort; „aber was die Götter ursprünglich mit mir wollten, ist noch nicht völlig klar."

Dann erzählte er mir ausführlich – denn nachdem er einmal zu reden angefangen, wurde er wider Erwarten ziemlich gesprächig – wie sein Vater durch ein Traumgesicht die Verheißung zu Teil geworden, daß sein eben gebornes Söhnlein dereinst als Sieger aus rühmlichen Wettkämpfen hervorgehen werde. Sein Vater habe dies als ein echter Hellene auf Siege zu Olympia oder Nemea gedeutet und habe ihn mit Sorgfalt in den gymmnischen Künsten unterrichten lassen; auch habe er dann wirklich schon als Knabe einen schönen Sieg bei den Panathenäen davongetragen, aber er habe allmählich mehr Geschmack an Bücherrollen als an Faustriemen und an Wurfscheiben gefunden und sei zuletzt, statt eines preisgekrönten olympischen Athleten, ein Bewerber um tragische Siegespreise geworden.

„Wie kommt es," fragte ich ihn, „daß du in jeder deiner Tragödien Aussprüche gegen die Frauen einflichtst, und daß man dich allgemein als einen Weiberfeind bezeichnet?"

„Sokrates hat mich zu dir geführt," versetzte er, „um mich von meinem Weiberhasse zu heilen. Vorläufig schätze ich nur ein einzig Weib, das Weib, das mich gebar: die vormalige Gemüsehändlerin Kleito – ich sage vormalige, denn gegenwärtig habe ich sie veranlaßt, den Gemüsehandel aufzugeben und ein kleines Landgütchen zu verwalten, das ich besitze."

Ich zeigte Verlangen, diese Frau kennenzulernen.

„Wenn es dich nicht langweilt," gab er zur Antwort, „die Geschichte, wie ich auf Salamis während der großen

Schlacht in einer Ufergrotte von ihr geboren worden bin, erzählen zu hören, – denn mit dieser Erzählung verschont sie keinen Sterblichen, der sich ihr nähert – so ist es ein Leichtes, dein Verlangen zu befriedigen."

Ein paar Tage später suchte ich, begleitet von einer Sklavin, das abgelegene, bescheidene Landhaus auf, in welchem Mutter Kleito waltet, und dessen Stille nur manchesmal durch die erdröhnenden Trimeter ihres dichtenden Sohnes unterbrochen wird, wenn er, um ganz ungestört zu sein, in die ländliche Einsamkeit sich zurückzieht. Ich fand die gute Frau unter ihren Hühnern, Enten und Ferkelchen und sagte ihr, daß ich die Geschichte, wie ihr berühmter Sohn auf Salamis während der großen Seeschlacht von ihr geboren wurde, zu hören wünschte.

Herzlich erfreut und mit sichtlichem Stolze sagte das Mütterchen:

„Das ist eine Geschichte, Frau, welche sich sogar der große Themistokles von mir hat erzählen lassen!"

Dann lud sie mich ein, auf einem Rasensitze mitten im Garten Platz zu nehmen, nachdem sie zuvor die Hühner und Tauben, welche auf demselben saßen, hinweggescheucht hatte.

„O Kind," sagte sie dann, „das war ein Tag des Grausens, als die Perserscharen hereinbrachen in unser heiliges Athen und alles niederbrannten und die Menschen an den Altären erwürgten und pechgetränkte Feuerpfeile vom Areshügel aus gegen die Akropolis warfen, bis alle Tempel droben in Flammen standen, und ein ungeheurer Rauch in schwarzen Wolken über das Meer flog. Aber während die Stadt verbrannte, und alle Männer schwuren, sie wollten mit der Waffe in der Hand sterben unter den rauchenden Trümmern, und die Weiber dazwischen heulten, und ein unermeßliches Wehklagen erscholl, weil Athen, das heilige

Athen verbrannt, vertilgt sei von der Erde, da kam Themistokles daher, Themistokles, der Seeheld, und streckte die Hand aus gegen das Meer und gegen die Flotte und rief: *Dort ist Athen!* und trieb alles, was männlich war auf die Schiffe. Und neben ihm stand der langbärtige Priester aus dem Erechtheustempel auf der Burg und verkündete, ein hochbedeutsames Wunder sei geschehen: die heilige Burgschlange sei von selbst aus dem brennenden Tempel verschwunden, zum Zeichen, daß die Stadtschirmerin Pallas Athene selber und alle Götter von hinnen gewichen, und daß des Atheners Vaterland in diesem Augenblicke nirgends sei als auf der See, auf den Schiffen der Flotte des Themistokles.

Während nun die Männer alle auf die Schiffe gingen, war es ein Jammer zu sehen, wie sich die Weiber, die Kinder und die Greise durcheinander gewirrt in die Boote warfen, die da bereit standen an der Küste und auch drunten an der Furt von Salamis, und von welchen viele umschlugen, weil sie die Menge der Flüchtenden nicht zu fassen vermochten.

Nicht einmal die Hunde wollten zurückbleiben in der verlassnen Stadt: sie stürzten sich ins Meer und schwammen neben den Schiffen ihrer Herren einher, so lange sie konnten. Du mußt aber wissen, Kind, daß ich damals hochschwangeren Leibes war, und in diesem Zustande erreichte ich mit einem ganzen Schwarme glücklich das Gestade von Salamis, und dort schlugen in einer Felsgrotte am Ufer einige Frauen und Kinder, darunter ich, ihre Nachtherberge auf. Die Nacht war aber über die Maßen unruhig, denn es sammelten sich nächtlicher Weise um Salamis alle Griechensegel, und es schollen die Zurufe unablässig von Schiff zu Schiff die ganze Nacht hindurch, so daß es auch den Sorglosen unmöglich gewesen wäre, ein Auge zu schließen. Es war aber zufällig eben auch die Zeit des Jakchosfestes, an welchem das Bild des Gottes bei einbrechender Nacht von Ägina herüber nach Eleusis gebracht wird übers Meer, bei Fackelgeleucht, in großem Feierzuge, und Themistokles hatte nicht gewollt, daß man diese Feier des Schreckens halber unterlasse, und eben als die Griechen ihre Schiffe ordneten, kam das festlich geschmückte Fahrzeug mit den heiligen Bildern der Aakiden von Ägina herüber, und vom Fackelschein erglänzte die ganze Bucht, so daß alle Griechen auf den Schiffen noch mehr befeuert wurden, weil sie sahen, daß die Heimatgötter noch lebendig walteten. Und als nun der helle Morgen angebrochen war, und ich mich mit den anderen Frauen ans Ufer hinausschleppte, da sah man schon die vereinten Schiffe der Hellenen kampfgerüstet dastehen im Morgenglanz, und der ganze Euripus wimmelte, und die große Perserflotte segelte langsam, unabsehbar von Phaleron herüber.

Mir aber vergingen die Sinne, ich mußte in die Grotte zurückkehren. Des Mutterleibes Not und Drangsal überwältigte mich. Und nun lag ich da, verlassen auf dem Lager von Seegras, denn die Frauen, welche die Nachtherberge mit mir geteilt hatten, liefen alle hinweg, und was da war von Weibern und Kindern auf Salamis, das wußte die Gatten und die Väter auf den Schiffen, und da standen sie denn alle dichtgedrängt auf dem hohen Ufer draußen und blickten nach den Fahrzeugen hinüber und rangen die Hände und flehten zu den Göttern. Jetzt hörte ich ein gellendes Trompetengeschmetter, und einen Päan hört' ich singen von vielen tausend Stimmen – fernher klang es gedämpft bis an mein Schmerzenslager. Da war es, wie wenn ein fürchterlicher Orkan in einen dichten Ölbaumwald sich stürzt; und als ob tausend brechende Wipfel krachten – es war aber das Gekrach der Schiffe, die aneinander prallten und dazwischen scholl immer dumpf aus der Ferne das Kampfgeschrei der Unsrigen und der Barbaren. Wie lange dies so gewährt – ich weiß es nicht, und die Schlacht kann ich dir nicht erzählen, Tochter, denn ich sah sie nicht, ich wand mich hilflos den langen Tag auf meinem Lager und lechzte nach Labung und sank verschmachtend zuletzt in einen Schlaf, der wohl mein letzter gewesen wäre. Da hört' ich plötzlich durch meinen totmatten Halbschlummer hindurch ein helles Jubelgeschrei der Weiber, und ich gewann mein Bewußtsein wieder und besann mich, daß ich auf Salamis liege. Aber es mischte sich mancher plötzlicher Jammerruf in das Jubelgeschrei, denn nicht bloß unzählige Schiffstrümmer wurden herangewälzt an das salaminische Gestad', sondern auch Leichen, unter welchen manche von den Frauen ihren Sohn oder Gatten erkannte. Aber auch viele von den im Kampfe Verwundeten und viele von der Mannschaft jener Schiffe, welche zertrümmert worden waren und welche dem Strande von Salamis näher waren als dem jenseitigen athenischen Ufer, retteten sich auf die Insel und brachten die Botschaft: der Perser ist geschlagen und flüchtet tödlich getroffen übers Meer, und entweicht aus den rauchenden Trümmern Athens, und noch heute dürfen wir zurückkehren in die befreite Vaterstadt. – Nun denke dir aber, Kind, wir mir erst zumute ward, da unverhofft, als ob ihn die Götter selber hergeführt hätten, mein Gatte Mnesarchos, der unter jenen Gelandeten war, in die Grotte hineinstürzte mit dem Ausrufe: „Athen ist wieder frei, Athen ist wieder unser!" – und so wollte er fortfahren mit freudigem Geschrei, aber nun stelle dir das Schauspiel vor, wie er mich plötzlich erblickte und neben mir das nackte, neugeborne, wimmernde Knäblein. Da konnte er gar nicht mehr sprechen, er faßte nur das Knäblein heftig und hob es auf seinen Arm und tanzte damit umher in seiner Sieges- und Vaterfreude, lief dann mit dem Kinde hinaus ans Meer und wusch es ab, und dann rannte er fort und brachte mir Wasser und anderes Labsal, so daß ich mich endlich, wiewohl langsam, erholte von der tödlichen Ermattung, in welche ich versunken war.

Den nächsten Tag wurde ein großes Siegesfest auf der Insel gefeiert. Bekränzte Jünglinge tanzten um die Trophäen, während der Perser abzog und heimflüchtete mit dem Reste seiner Scharen nach dem fernen Morgenlande. Da ging Mnesarchos mit dem neugebornen Knäblein auf den Armen im festlichen Gedränge umher und zeigte es allen Griechen und erzählte, wie es zur Welt kam in der Stunde des Kampfes. Und als Themistokles selber hinzutrat und die Sache, wie sie war, vernahm, sagte er: „Gepriesen seien die athenischen Mütter, welche uns neue Bürger gebären noch während des Kampfes, zum Ersatz für jene, welche gefallen sind fürs Vaterland!“ So sprach er und befahl, dem Mnesarchos hundert Drachmen auszuzahlen. Da ging es fröhlich her, und Mnesarchos nannte den Knaben *Euripides*, zum Gedächtnis dessen, daß er geboren ward am Siegestage im *Euripus*, in der Meeresfurt von Salamis!“

So erzählte mir das ehrliche Mütterchen Kleito, genau so, wie ich es für dich niedergeschrieben.“

Wenige Tage, nachdem das Schreiben Aspasias an Perikles abgesendet war, kamen Siegesnachrichten aus Samos und mit ihnen neue schriftliche Botschaft an Aspasia. Sie lautete:

„Du bist unvergleichlich, Aspasia, und immer ganz du selbst. War es Zufall oder geheime Absicht, daß du mir in deinem Briefe von jenem Mütterchen und von Salamis erzähltest? Als mit der verlangten Verstärkung aus Athen deine Zeilen an mich eintrafen, stand ich mit meiner Flotte der samischen bereits gegenüber. Ich las die Erzählung deines Mütterchens, und, salaminischer Begeisterung voll, gab ich das Zeichen zum Angriff.

Wir siegten. Aber ich werde mich wohl hüten, dir von der Schlacht eine Schilderung zu geben. Wie könnte es mir beifallen, jenem Bilde gegenüber, mit welchem du mir so lebendig die Erinnerung an die Großtat von Salamis heraufbeschworen, mit meinem kleinen samischen Erfolge zu prahlen, durch welchen die Samierflotte unschädlich gemacht, der Widerstand der Stadt selbst aber noch nicht gebrochen ist. Wir umlagern sie zu Wasser und zu Lande. Dieses Samos ist eine gewaltige Stadt und prächtig von Ansehen; aber ihr größter, altberühmter Tempel ist, wie du weißt, der Ehegöttin Hera gewidmet, und in diesem Tempel werden ganze Herden jener Vögel gemästet, welche der Göttin heilig, uns beiden aber verhaßt geworden sind …

Auch Sophokles hat dein Schreiben gelesen, mit großer Freude über die Erzählung des Mütterchens. Da er selbst unter den bekränzten Jünglingen und Knaben gewesen, welche beim Siegesfeste von welchem das Mütterchen spricht, um die Trophäen tanzten, Aischylos aber unter den Kämpfern, so haben diese tragischen Poeten sämtlich ihren Teil an den Ehren von Salamis – den kleinsten freilich dein Euripides, der sich eben nur geboren werden ließ.

Ich habe mich im Übrigen auch nach dem Wesen des Euripides bei Sophokles erkundigt und ihn gefragt, was er von der Weiberfeindschaft desselben halte. Sophokles erwiderte mir, Euripides hasse die Weiber nur, weil er sie liebe. Denn wenn er sie nicht liebte und ihrer entraten könnte, so würde er sich nicht um sie kümmern, er würde von ihnen nicht reden, und es würde ihm gleichgültig sein, ob sie gut oder böse. Soweit Sophokles: ich denke also, der Ruhm, den Euripides von seinem Weiberhasse zu heilen, wird für dich nur ein geringer sein.

Dies Schreiben des Perikles beantwortete Aspasia in folgender Weise:

„Du hast mit deinem Siege vor Samos den Athenern Anlaß zu großem Jubel gegeben, in welchen ich im stillen von Herzen mit einstimmte; nur hast du meinen Teil der Freude mir durch die Bescheidenheit verkümmert, mit welcher du in deinem Schreiben die Schilderung deines Seegefechts mir vorenthältst. Ich bin im allgemeinen einverstanden, wenn du deine Blätter an mich nicht mit Staats- oder Kriegsangelegenheiten füllst und dich auf das beschränkst, was deine Person betrifft: aber man sagt, daß eben diese Schlacht dich in deines Waltens und Wirkens Glanz gezeigt, daß du persönlich das Schiff des feindlichen Feldherrn in den Grund gebohrt. Nicht um die Dinge ist es mir zu tun, sondern um dich, um das helle Bild deines Wesens, das mir daraus entgegentritt, so daß ich wie mit leiblichen Augen dich schaue.

Der Bau des Parthenon nimmt seinen Fortgang mit einer fast unglaublichen Raschheit. Freilich, bei vollen Kassen ist gut bauen, wie Kallikrates zu sagen pflegt.

Vor einigen Tagen ereignete sich auf der Akropolis ein Unglücksfall, der Aufsehen erregte. Ein Arbeiter fiel vom Gerüst und wurde tödlich verletzt; und daß dies gerade an der Stelle geschah, welche Diopeithes als eine „unterweltliche", als eine Unglücksstelle in Verruf gebracht, hat die Gemüter und die Zungen der Abergläubischen zu Athen gewaltig erregt. Triumphierend weist der Erechtheuspriester auf seine erfüllte Prophezeiung hin und stellt weiteres Unheil in Aussicht, welches die Götter verhüten mögen.

Er blickt von der Schwelle seines alten Tempels noch immer finster und grollend auf den munteren Kallikrates herüber und wünscht ihm den Sonnenstich aufs Haupt. Aber die heißesten Pfeile Apollons prallen ab an der Stirn des

Unermüdlichen. Pallas Athene hält ihren Schild über ihn. Er neckt den Gegner wo er es vermag, und wenn die mißgünstigen Blicke desselben ihm allzu unbequem werden, so weiß er es so einzurichten, daß seine Leute eine Staubwolke in der Nähe des Erechtheions aufwirbeln, welche den Priester zwingt, sich augenreibend in das Innere des Heiligtums zurückzuziehen.

Jetzt ist sogar auch ein Maulesel in den Hader dieser beiden verflochten worden. Unter den Maultieren nämlich, welche nun schon einige Jahre lang beschäftigt sind, Tag für Tag den Abhang der Akropolis auf und nieder zu trotten, Gestein und andere Lasten auf die Höhe derselben zu schleppen, befand sich auch eines, das teils durch sein Alter, teils durch eine Verletzung, die es in seiner Berufstätigkeit sich zuzog, untüchtig zur Arbeit wurde. Sein Treiber wollte es schonen und es im Stalle zurücklassen. Damit aber war das wackere Tier nicht zufrieden, und ließ sich selbst durch Schläge nicht abhalten, zu tun, was es gewohnt war seit so langer Zeit, und mit seinen Gefährten, wenn auch unbelastet, zur Akropolis hinauf und wieder hinabzutrotten. Und dies tut es nun getreulich Tag für Tag und alle Welt kennt den „Maulesel des Kallikrates", wie man ihn nennt, da Kallikrates das unbrauchbar gewordene, aber noch immer dienstwillige Tier unter seinen besonderen Schutz nimmt. Da aber dieser Maulesel auf der Akropolis müßig geht und umherschlendernd zuweilen dem Tempelbezirk des Erechtheion zu nahe kommt, auch schon ein paarmal Miene gemacht hat, heilige Kräuter, welche dort gepflanzt werden, mit unheiliger Schnauze zu beschnuppern, so haßt Diopeithes diesen Getreuesten aller Arbeiter des Parthenon beinahe noch mehr, als den Kallikrates selbst, und es ist nicht abzusehen, welche Verwicklungen aus dieser Sache noch hervorgehen werden.

Lebe wohl, mein Held, und denke nicht immer bloß an die Erzählung des Mütterchens, an Salamis und Themistokles, sondern auch an deine Aspasia. Nicht Hera und nicht alle Pfaue von Samos sollten mich abhalten, zu dir zu eilen, wenn du es wolltest."

Nicht lange nachher empfing Aspasia von Perikles folgende Zeilen:

„Du zürnst mir, daß ich dir die Beschreibung meines Seegefechtes vorenthalte? Du willst nicht völlig darauf verzichten, mich vor Samos waltend und wirkend und handelnd zu schauen? An und für sich ist eine Seeschlacht vielleicht das sehenswerteste von allen Schauspielen, und ich gestehe, daß ich, so oft ich veranlaßt war, mich als Stratege auf der See mit einem Feinde zu messen, wie sehr auch mein Feldherrnamt mich in Anspruch nehmen mußte, doch immer einen Blick der Bewunderung übrig hatte für das Schöne und Gewaltige des Anblicks, den ein Kampf segelbeschwingter Kolosse auf offener See gewährt. Dir hat das Mütterchen Kleito zum Glück nur die Nebenumstände der Schlacht von Salamis, nicht die Schlacht selber schildern können, und so will ich es nun doch wagen, dir die Geschichte des Kampfes der Schiffe vor Samos kurz zu berichten: mit dem Bedeuten aber, daß diese Erzählung von kriegerischen Dingen die einzige sein soll, die du während des Feldzuges mir entlockst.

Bei der Insel Tragia war ich der von Milet herkommenden Samierflotte begegnet. Meines Angriffs gewärtig, nahm sie sofort eine feste Kreisstellung ein, um mich zu hindern, das zu tun, worauf ich im Seekriege stets mein Hauptaugenmerk zu richten pflege: die feindlichen Schiffe in rascher unvermuteter Wendung von der Seite anzugreifen. Ich sandte einige kühne Segler aus, um diese Kreisstellung der Feinde umschwärmend zu verwirren, durch

Scheinangriffe und verstellte Flucht hier und dort ein feindliches Fahrzeug aus seiner Reihe herauszulocken. Auch erhob sich ein ziemlich heftiger Wind, was ebenfalls dazu beitrug, bei wogender See den geschlossenen Kreis der Samierflotte zu lockern.

Unsere Flotte stand von Anfang an mit vorgestreckten, gegen die feindlichen Flanken zu gekrümmten Flügeln, bereit, jedes aus der feindlichen Linie sich vorwagende Schiff von der Seite zu fassen.

Indessen gelang es dem Samier-Feldherrn, während sein Vordertreffen bereits in einen ziemlich heftigen Kampf sich verwickelte, aus dem rückwärts stehenden Teile des erschütterten und halb aufgelösten Kreises ein gerades Treffen zu bilden, mit welchem er plötzlich, während die Schiffe des Vordertreffens auf seinen Befehl sich zurückzogen, in geschlossener Ordnung hervorbrach.

Für einen Augenblick setzte der Anprall dieser geschlossenen Phalanx unsere vordersten Reihen in Verwirrung. Die bauchigen Fahrzeuge der Samier mit den rüsselförmig gestalteten Vorderteilen sowie den unzähligen flink bewegten Rudern waren wie Ungetüme anzusehen, welche mit tausend Füßen gegen uns herangekrochen kamen. Nur war dies Kriechen ein flügelschnelles, windbeschwingtes. Aber nach wenigen Augenblicken, während welcher auch ich die zerstreuten Segel in Eile ordnend zurückzog, stand unsere Phalanx der samischen ebenso geschlossen und ebenso ehern gegenüber.

Jetzt entbrannte der eigentliche Kampf in wilder Erbitterung. Mit hellem Geschrei aufeinander losgehend, bohrten sich gleichsam die Vorderreihen der unseren und der Samier ungestüm ineinander, so daß jedes attische Fahrzeug nach zwei Seiten hin angriff, jedes feindliche nach zwei Seiten hin sich verteidigte. Glichen die Samierschiffe drohend vorgestreckten Schweinerüsseln, so waren die unseren Seeschlangen vergleichbar, welche zwischen jenen Rüsseln behend und mit tödlichen Bissen nach links und rechts sich hindurch zu winden verstanden. In der gedrängten Ordnung aber begannen von Schiff zu Schiff die gewaltigen Kriegswerkzeuge zu spielen, die geschoßschleudernden Katapulte und Skorpione und die furchtbaren Delphine, lange Balken mit Erzblöcken an der Spitze, welche, emporgehoben über dem feindlichen Fahrzeug, in wohlberechnetem Niedersturz den Mast zertrümmerten oder das Verdeck durchschlugen und das wie mit ehernen Klammern festgehaltene Schiff zur Beute der Angreifer machten. Und während die Aufmerksamkeit eines feindlichen Fahrzeugs durch einen Hagel von Pfeilen, mit welchen sein Verdeck überschüttet wurde, in Anspruch genommen war, umschwärmten es verwegene leichte Boote in der Tiefe, deren Bemannung mit Beilen sein Ruderwerk zertrümmerte.

Und wie zuletzt Kiel an Kiel immer näher gedrängt stand, und die hochragenden Borde der unsern und der Feinde sich berührten, da bildeten die vereinigten Flächen der Verdecke bald ein Schlachtgefild, auf welchem die Schwerbewaffneten mit Lanze und Schwert, Mann gegen Mann, einander gegenüber standen. Die Kühnsten ließen sich nicht abhalten, über den Bord in die Fahrzeuge ihrer nächsten Gegner zu dringen. Einigen der unsern gelang es hier und dort, die feindliche Bemannung niederzuhauen, den Trierarchen gefangenzunehmen, sich des Steuers zu bemächtigen und die wehrlosen Ruderknechte zu zwingen, das erbeutete Fahrzeug aus der samischen Linie heraus in die athenische hinüber zu rudern.

Wie rühmlich auch in solchen Wagnissen heldenhafter Sinn sich bewährte, ich mißbilligte des persönlichen Mutes allzu eifriges Vordrängen, immer bedacht, im Seekampfe das Blut der Streiter so viel als möglich zu schonen und mehr die Schiffe als die Menschen gegen einander kämpfen zu lassen. Warum sollen diese sich würgen, wo jene mit kühnen, raschen und gewandten Bewegungen die Entscheidung herbeizuführen imstande sind? Ich fuhr zwischen den Schiffen der Flotte hin und rief den Trierarchen zu, sie sollten mehr mit Schiffsschnäbeln und ehernen Balkenspitzen, als mit Schwert und Lanzen kämpfen und ihr Schiff nicht als Burg sondern als Waffe betrachten. Sie verstanden mich, und da die Samier zahlreiche untüchtig gemachte Schiffe aus dem Treffen zogen, mit dem Reste aber näher zusammenrückten, so wurde es uns um so leichter, mit den Schiffen der vorgestreckten Flügel enternd gegen ihre Flanken anzurennen.

Jetzt war alles Augenmerk nur darauf gerichtet, die feindlichen Schiffe in den Grund zu bohren. Es war in der Tat ein Kampf der Schiffe selbst geworden. Neben der Wucht anrennender Schiffsschnäbel, neben der Kraft eherner Balkenspitzen am Schiffskiel, bewährte sich in jenem Kampf auch die von mir selbst ersonnene Vorrichtung der „eisernen Hände", die manches Samierfahrzeug faßten und festhielten in unlösbarer Umklammerung. Ins dumpfe Gedröhn aneinander prallender Schiffsbalken mischte sich das helle Geknatter zerbrechender Ruder, wenn in rascher wohlberechneter Streiffahrt ein Fahrzeug, hart neben dem feindlichen hinsegelnd, das vorgestreckte Ruderwerk desselben zerbrach wie dürres Baumgeäst.

Die Samier schwankten, sie gerieten in Unordnung, aber sie wichen nicht. Erzürnt über diesen Trotz, überdrüssig des langen Kampfes, wollte ich soeben den Befehl geben, einige Transportschiffe, mit Werg und Reisig beladen, anzuzünden und in die feindlichen Reihen zu senden, um den Rest der widerspenstigen Samierflotte zu verbrennen, als plötzlich eine gewaltige Steinlast gegen den Mast meines eigenen Schiffes flog. Der Mast wurde nicht getroffen, wohl aber der Steuermann, der sogleich mit zerschmettertem Haupte von seinem Sitz am Steuer herabsank. Im Niederrollen hatte der Steinblock auch noch das Steuer selbst mit allem, was in der Nähe lag, zermalmt. Der Stein war aus dem Feldherrnschiff der Samier geschleudert worden, woraus ich ersah, daß der Samierfeldherr sich gleichsam mir selbst persönlich zum Kampfe stellen wolle. Aber mit dem steuerlosen Schiff war Widerstand unmöglich. Rasch, ohne daß der Feind es merken konnte, stieg ich vom Hinterteil des Schiffes auf einer Leiter in ein Boot hinab und warf mich von diesem aus mit beflügelter Hast in ein anderes Fahrzeug, die „Parthenos", und während das samische Feldherrnschiff über jene steuerlose Beute sich hermachte, um sie, mit mir selbst, wie die Samier meinten, als Gefangenen an Bord, hinter sich her fortzuziehen, fuhr ich pfeilschnell mit der „Parthenos" gegen eine Seitenwand des Samiers, so daß er durchlöchert augenblicklich Wasser fing, und, seitwärts geneigt, unter den Wasserspiegel hinabsank. Der Samierfeldherr selbst war einer der wenigen, welche unter dem Pfeilregen der unsern, die zugleich ein helles Siegesgeschrei erhoben, mit genauer Not sich schwimmend retteten. Jetzt erst wichen, die Samier und der Sieg war unser.

Noch am Abend desselben Tages kam der samische Feldherr, Melissos, unter sicherem Geleite zu mir auf mein Schiff, um sich mit mir in Friedensverhandlungen einzulassen, stellte aber solche Bedingungen, daß man mich für besiegt hätte halten müssen, wenn ich sie angenommen hätte. Er erklärte, die Flotte der Samier sei zwar unterlegen, die Stadt aber bereit, eine lange Belagerung auszuhalten. Überdies sei phönizische Hilfe in Anzug, und Geldunterstützung sei angeboten worden von dem persischen Satrapen in Sardes. Melissos entwickelte bei der ganzen Unterredung eine Zähigkeit und einen Eigensinn, wie ihn nur ein Philosoph zu entwickeln imstande ist. Er ist von hoher Gestalt, schon ziemlich vorgerückten Alters, und seiner Stirn ist der Stempel des tiefsinnigen Denkers so sehr aufgeprägt, daß es mir fast unglaublich schien, in ihm den Mann vor mir zu sehen, der noch eben eine Flotte gegen mich befehligt, und den ich mit der Behendigkeit eines Jünglings die trümmervolle Flut hatte durchschwimmen sehen. Bald erblickte ich in ihm nur den in ganz Hellas mit Ruhm genannten Weisen aus der Schule des Parmenides. Ich weiß es selbst nicht mehr zu sagen, wie es kam, daß unser Gespräch sich allmählich und unmerklich in ein philosophisches verwandelte. Tatsache ist, daß er mir zuletzt mit großer Lebhaftigkeit auseinandersetzte, wenn etwas sei, so sei es ewig, das Ewige aber sei auch räumlich unbegrenzt, und das wahrhaft Seiende sei eins und unendlich und fasse alles in sich, denn wenn es zwei oder mehrere Unendlichkeiten gäbe, so müßten sie einander begrenzen, wären also nicht mehr unendlich und das All müsse ein in sich Gleichartiges sein, denn gäbe es wahrhaft Ungleichartiges, so bestünde nicht mehr eins, sondern vieles, Vieles aber könne nicht bestehen, denn daß es bestehe, sei nur Schein, gelte nur für die sinnliche Wahrnehmung, nicht für die denkende Betrachtung des Geistes …

Als zufällig einige andere Strategen und Trierarchen herzutraten, welche mit großer Neugier dem Ergebnis unserer Friedensberatungen entgegensahen, jetzt aber hörten, daß der Samierfeldherr und ich über die Unbegrenztheit des All und über die Unendlichkeit des ungewordenen Seins sprachen, so blieben sie ganz verblüfft und fast mit offenem Munde stehen, und wir selbst mußten lächeln, merkend, daß wir, die wir kurz vorher mit Schiffsschnäbeln und Todesgeschossen gegen einander gewütet, jetzt in einen Wortwechsel solcher Art verwickelt waren. Denn da ich dergleichen Sätze, wie sie Melissos vorbrachte, zu Athen aus dem Munde des Zenon oft gehört, und diese eleatischen Streitfragen mich immer lebhaft für sich eingenommen hatten, so war ich dem Melissos die Antwort nicht schuldig geblieben, und unser Gespräch hatte in der Tat beinahe die Gestalt eines philosophischen Streites angenommen.

„Wieviel besser wär' es," sagte ich zu Melissos, als wir Abschied nahmen, indem ich ihm die Hand schüttelte, „wenn wir Hellenen alle, soweit unsere Sprache reicht auf Küsten und Inseln, da wir doch durch ein geistiges Streben verbunden sind, auch durch ein politisches Gemeinwesen im Laufe der Zeiten vereinigt würden!"

Ein Blitz schoß bei diesen meinen Worten aus den grauen Augen des finster blickenden Samiers.

„Ohne Zweifel", sagte er mit bitter spöttischem Lächeln, „hoffst du, daß es Athen sein wird, das alle Hellenen in sein Gehege lockt und, wollend oder nicht, zu einem Gemeinwesen vereinigt?"

Ich verstand die Gefühle des für die Unabhängigkeit seiner Insel kämpfenden Mannes und ehrte sie.

Es ist nun einmal das Los aller wohlgemeinten Absichten und Gedanken, daß sie scheitern am Widerstreit kleinlicher Vorteile, welche doch eigentlich bestimmt sind, in den größeren aufzugehen. Es lohnt sich schlecht, den Gedanken eines großen Ganzen ins Herz zu fassen, und dafür wirken zu wollen. Mahne ich die Hellenen zur Einigkeit, so wittern sie darin nur athenische Eroberungslust oder gar Absichten persönlichen Ehrgeizes. So fühlt man mit seinem besten Wollen und Wirken auf einen herkömmlichen, engsten Bereich sich zurückgetrieben und eingeschränkt. Hierdurch wird mir auf Augenblicke zuweilen alles äußere Tun und Streben nichtig, und ich flüchte mich dann in die reine Sphäre des Gedankens, wo der Geist sich tummeln mag in schrankenlosem Fluge. Wenn ich in stiller Nacht hinaustrete auf das Verdeck des regungslosen Fahrzeugs, über mir den sternbesäten Himmel – die Masten unbewegt aufragend und über ihnen die ganze Unendlichkeit des Äthers ergossen – nichts vernehmlich als das träumerisch leise Plätschern der Meerflut am Kiel im Hauche des Nachtwinds – dann erinnere ich mich des Melissos und *denke* nicht mehr bloß, sondern *empfinde* seine unendliche Ureinheit alles Daseins ...

Öfter, als du es glauben magst, gedenke ich deiner, der Freunde zu Athen, und dessen, was unter ihren Händen dort der Vollendung entgegenreift. Jetzt, wo hier, wie es scheint, das Schwerste getan ist, und eine vielleicht lange, unerquickliche Belagerung mich zu einem Stillstande verurteilt, welcher beinahe der Untätigkeit gleichkommt, darf ich meine Sehnsucht nach Athen vielleicht gestehen, ohne mich derselben zu schämen."

Noch bevor Aspasia Gelegenheit gefunden hatte, dies Schreiben des Perikles zu erwidern, empfing sie neuerdings einige Zeilen von ihm, die Bestätigung des Unglücks enthaltend, welche das athenische Lager vor Samos betroffen, während Perikles der phönizischen Hilfsflotte entgegengezogen.

Nur mit wenigen Worten gedachte dieser Dinge Perikles in seinem Schreiben an Aspasia. Dann aber fuhr er fort: „Wirst du es für möglich halten, daß unter Hellenen noch immer sich ereignen kann, was mir begegnete, als ich mich zu den Landsoldaten begab, welche die Belagerung der Stadt von der Landseite betreiben und welche unter dem

Ausfalle der Samier ebenfalls nicht wenig gelitten hatten? Laute Wehklage scholl mir entgegen, als ich das Lager betrat. Den Priester des Heeres fand ich eben beschäftigt, dem rettenden Zeus ein Opfer zu bringen. In dem Kreise, welcher sich um den Altar und den Priester gebildet hatte, sah ich fünfzig gefangene Samier mit gebundenen Händen stehen. Ich fragte, was es mit diesen Leuten, die nicht anders als wie gebundene Opfertiere um den Altar standen, für eine Bewandtnis habe. Da erfuhr ich, der Seher, welcher von Staats wegen dem Heere beigegeben war, habe verkündet, es sei der Wille des rettenden Zeus, daß ihm die fünfzig samischen Gefangenen feierlich als Opfer geschlachtet würden. Und eben war man daran, den Ausspruch des Sehers zu vollziehen. Ich trat dem Priester und dem Seher entgegen, erklärte es vor dem gesamten Heere für eine Lüge, daß die Hellenengötter ein Menschenopfer wollen, und begnügte mich damit, die Stirnen der fünfzig Samier mit dem Mal eines Schweinerüssels in der Art samischer Schiffsvorderteile zu zeichnen, zur Wiedervergeltung für den Schimpf, welchen sie unsern Gefangenen kurz zuvor durch die eingebrannte Eule angetan.

Nun belagern wir aufs neue die Stadt, bestürmen sie von der Landseite mit Mauernbrechern und Wurfmaschinen.

Die Briefe, welche ich von Telesippe erhalte, sind voll von Klagen über den jungen Alkibiades."

Aspasia erwiderte diese Nachrichten wie folgt:

„Vieles und Gewichtiges, o teurer Perikles, haben deine beiden letzten Briefe mir gebracht: Manches, wobei ich aufjubeln konnte vor Freude, und anderes wieder, das ein, wenn auch nur vorübergehendes Bangen um dich über meine Seele verbreiten mußte.

Pheidias und die Seinigen sind unermüdlich. Versenkt in

ihre Aufgabe und wie von einer dämonischen Macht ergriffen, hören sie nur mit halbem Ohr auf das, was außer ihrem Tun noch sonst in der Welt sich ereignet. Vergib ihnen, denn sie arbeiten ja doch auch für dich und deines Namens Ruhm in aller Folgezeit!

Von dem Knaben Alkibiades vernehme auch ich so manches; denn er fängt an, die Aufmerksamkeit der Athener auf sich zu ziehen. Es gibt viele, die sich in der Ringbahn, oder wo er sonst zu sehen ist, an ihn drängen. Aber er hält sich nur an den Sokrates, vielleicht weil dieser ihm nicht schmeichelt. Als er kürzlich in Begleitung des Pädagogen über die Straße ging und eine Wachtel, sein Lieblingstier, im Busen versteckt mit sich trug, drängte wieder sich viel Volks an ihn. Während er nun auf diese Leute zu achten gezwungen war, entfloh ihm die Wachtel aus dem Busen, und da der Knabe darüber in heftige Aufregung geriet, so machte das halbe Athen sich auf die Beine, um die Wachtel des Alkibiades wieder einzufangen. So sind die Athener! Indessen wenn sie den Knaben Alkibiades verhätscheln, so geschieht es zum Teil auch darum, weil er der Mündel des Perikles, des großen Perikles, der nach dem Siege bei Tagria wieder mehr als je der Held des Tages ist.

Nur Diopeithes feindet insgeheim dich an und die Schwester des Kimon. Auf ihrer Seite stehen die altväterischen Gesellen mit den wollbefransten Röcken dem überm Scheitel zusammengebundenen Haarschopf, die eitlen, alten Marathonschläger und eichenklötzigen Griesgrame und die Spartergecken, welche langes Haar tragen, turnen, hungern, sich niemals waschen, mit dem Knotenstock auf den Steinen der Straße rasseln, auch manche von den weisheitgespreizten Grüblern und Silbenstechern, welche barfuß und in durchlöchertem Mantel laufen, aber die Brauen hinaufziehen, die Nase in den ungekämmten Hängebart versenken und das Kinn in der würdevoll darunter aufgebauschten Haut wie in einem Sacke tragen. Alle diese Leute denken in deiner Abwesenheit, wie man zu sagen pflegt, „unbewachten Wein zu lesen".

Nach einiger Zeit schrieb Perikles an Aspasia:

„Ich weiß nicht, ob ich das Lob des Edelmuts verdiene, das du mir spendest. Ich bin des bitteren Unmuts voll gegen diese starrköpfigen Samier und werde sie, wenn die Zeit dazu gekommen, ihren Trotz empfindlich büßen lassen.

In den Tagen des Stillstandes und der Ungeduld ist mir der edle, heitere Sophokles ein doppelt erwünschter Genosse, der auch sonst als Mitstratege sich trefflich bewährt. Immer ist er aufs Beste zu verwenden, insonderheit zu friedlichen Sendungen. Als Vermittler und Unterhändler wirkt er allenthalben so, als ob ein Zauber ihm zu Gebot stünde, was mich nicht wundert, denn so ganz anmutig ist sein Wesen, daß er ohne Einschränkung von allen geliebt wird. Er steht mir getreulich zur Seite, um der Verwilderung der Gemüter entgegenzuarbeiten, welche bei längerer Dauer des Krieges so leicht im Kriegsvolke sich einschleicht. Da gilt es bald die Gesetze der Menschlichkeit aufrecht zu halten, bald ein ärgerliches Vorurteil zu zerstreuen. Du weißt, wieviel in diesem Sinne selbst bei unserem Athenervolke noch zu tun ist.

Wenn ein Gewitter losbricht und ein Blitz uns mitten ins Lager fällt, oder der Steuermann meines Schiffes bei eintretender Sonnenfinsternis den Kopf verliert, so muß ich alles, was ich über natürliche Entstehung solcher Erscheinungen von Anaxagoras weiß, aus meinem Gedächtnisse hervorholen, um die Erschreckten zu beruhigen."

So schrieb Perikles. Neun Monate lang widerstand die trotzige Inselstadt, und noch manches Blatt ging zwischen

Samos und Athen, zwischen Perikles und Aspasia mit neuer Kunde hin und her.

Endlich meldete der Athener-Feldherr seiner milesischen Freundin:

„Samos ist erstürmt, der Trotz des Melissos gebrochen, der Friede geschlossen. Die Samier liefern ihre Schiffe aus und schleifen ihre Mauern."

Die Panathenäen

Wenn einen großen Mann das Vaterland ehrt, die Welt feiert, wenn auf allen seinen Pfaden ihm Verehrung, Liebe, Huldigung entgegentritt, so gibt es oft doch *eine* Stelle, wo seine Größe zusammenschrumpft, wo er sich klein empfindet, wo ihm kalte oder gar mißgünstige Augen begegnen.

Und diese Stelle ist sein eigener Herd, sein Haus, der Schoß seiner Familie, der Ausgangspunkt seines Wirkens.

Auch Perikles fühlte sich fremd und frostig angeweht, als er, das Ohr noch umtönt von dem Jubelgeschrei, mit welchem das athenische Volk ihn empfing, nach der Abwesenheit eines Jahres wieder über die Schwelle seines Hauses trat. Wie den siegreich heimkehrenden Agamemnon, empfing auch ihn ein heimlich grollendes Weib an der Schwelle.

Die Kunde, daß Aspasia in des Perikles Gesellschaft zu Milet verweilt, daß sie auf der Heimfahrt an seiner Seite gewesen, war zu Elpinikens Ohren gedrungen, und aus dem Munde der Freundin hatte sie Telesippe geschöpft.

Das Weib des Perikles dachte nicht daran, sich an dem heimkehrenden Gatten zu rächen, wie Klytaimnestra an dem kehrenden Agamemnon, noch durch den Zauber eines Nessosgewandes ihn zu verderben, wie Dejaneira den treulosen Herakles. Sie dachte kleinlich, kleinlich war ihr Groll, kleinlich ihr Haß und kleinlich auch ihre Rache.

Daß Perikles vor Samos gesiegt, daß er das Schiff des

feindlichen Feldherrn in den Grund gebohrt, was half es ihm der Erinnys gegenüber, die an seinem Herde saß? Während die Agora von seinem Ruhme widerhallte, mußte er im Innern seines Hauses das kleinlich keifende Wort, den kleinlich mißgünstigen Blick Telesippens ertragen.

Und Elpinike? Sie sprach den Perikles, als sie zum ersten Male nach seiner Heimkehr ihm begegnete, mit den Worten an:

„Schäme dich, Perikles! Mein Bruder Kimon hat über die Perser, über Barbaren gesiegt, du aber hast Hellenenblut vergossen und lässest dich feiern als Unterdrücker der eigenen Stammesgenossen!"

Ohne heftige Erwiderung, schweigsam, wie es seiner im Verkehre mit den Menschen zur Sanftheit neigenden Art entsprach, aber nicht ohne männliche Erwägungen und Entschlüsse bei sich selbst, ließ Perikles den Widerstreit, der mit der Erscheinung Aspasias in sein Leben getreten war, der Entscheidung sich entgegendrängen. Er hatte im Beginn sich vorgestellt, daß es leicht sein würde, die Rechte der Geliebten getrennt zu halten von den Rechten der Gattin. Und hatte nicht auch Telesippe dies geglaubt? Hatte sie nicht verachtend auf die milesische Hetäre herabgesehen, welche zwar das Herz ihres Gatten verwirren konnte, die Herrschaft am Herde des Hauses aber der rechtmäßigen Gattin überlassen mußte? Hatte sie nicht die Fremde hinweggewiesen über die Schwelle des Hauses, und hatte diese nicht weichen müssen?

Aber die Dinge waren fortgeschritten. Perikles selbst war nicht mehr derselbe. Das Gedankenbild eines Ehebundes neuer Art war nicht vergebens wie ein glimmernder Funke an seine Seele geworfen worden.

Die Tage, an welchen das größte aller athenischen Feste gefeiert werden sollte, waren wiedergekehrt.

Die Bevölkerung der ländlichen Gaue strömte in die Stadt, denn das Fest war, was sein Name besagte und was es sein sollte nach dem Gedanken seines Stifters Theseus, ein beständig sich erneuerndes Verbrüderungsfest des gesamten Volkes von Attika. Aber auch aus der Ferne, von den verbündeten Städten und Inseln, von den Kolonien, ja von ganz Hellas kamen immer die Gäste.

Noch niemals aber hatte Athen eine so große Menge einheimischen und ausländischen Volkes in seinen Mauern versammelt gesehen. Denn diesmal gesellte sich zu der Anziehung, welche die Feier der Panäthenäen immer ausgeübt hatte, die Neugier, den Wunderbau des Parthenon zum ersten Male eröffnet, das von Gold und Elfenbein strahlende Standbild der Pallas Athene des Pheidias zum ersten Male enthüllt zu sehen.

Mehrere Tage lang gingen dem großen Festaufzuge die üblichen Wettkämpfe voran. In der Niederung am Ilissos kämpften die jungen Helden der athenischen Ringplätze um den Preis. Die erlesensten Knaben kämpften, dann die mutigsten Jünglinge, dann die bewährtesten Männer in allen Arten des hellenischen Ringkampfes. Im Wettstreite der Knaben siegte auch diesmal des Perikles Mündel und aller Athener Liebling Alkibiades, zur Freude des Perikles, aber zum Ärger Telesippes, welche den Knaben haßte, weil er ihre beiden unbegabten, wenig Gutes versprechenden Söhne, den Paralos und den Xanthippos, so gänzlich verdunkelte.

Wie glühte der jugendliche Sieger, alle die übrigen Wettkämpfe mit anzusehen, an welchen er zu seinem Leidwesen sich nur erst als Zeuge, nicht als Mitbewerber um den Preis beteiligen durfte! Mit welchem Neide sah er im Geleite des Perikles selbst außerhalb der Stadt auf der Ebene, welche westlich vom Piräus gelegen war, den aufwirbelnden Staub feucht werden vom dampfenden Odem der hineilenden Rosse, sah er auf den rossebespannten Gefährten die Wettkämpfer der hippischen Künste stehen, auf jedem Wagen neben dem Lenker den mit Helm und Schild bewehrten Genossen, der, während das Gespann auf der Rennbahn hinstürmte, herabsprang und sicheren Fußes eine Strecke mit dem Gefährte wettlief, um dann mit ebenso sicherem Sprunge auf dasselbe zurückzukehren.

Und wie fühlte der Knabe erst von dem berühmten Waffentanze der Jünglinge sich hingerissen! Wie glänzte sein Auge bei diesem mimisch kriegerischen Waffenspiel, als die Jünglinge nach dem Takte der Musik in allen Fechterstellungen sich gegeneinander bewegten, alle Arten des Angriffs, der Verteidigung, des Ausweichens erschöpfend, in einer Art von Tanzschritt und im Einklange mit dem Rhythmus rauschender Töne, wobei taktmäßig mit den Schwertern gegen die gehobenen Schilde geschlagen wurde, so daß das helle Erzgetöse, vereint mit den Klängen der Musik, zuweilen auch mit dem Gesange kriegerischer Lieder, eine Art kampflustiger Begeisterung und Taumel auch in dem Zuschauer erweckte.

Aber auch die Nacht hatte ihr Fest: den großen Fackelwettlauf, mit welchem die Athener ihre Lichtgötter, den Hephaistos, den Prometheus, die Pallas Athene zu ehren pflegten. Nur die schönsten und gewandtesten Jünglinge Athens wurden zu dem Wettlaufe zugelassen. Es galt, die Lichter brennend ans Ziel zu bringen: wessen Fackel während des Laufs erlosch, der mußte austreten aus dem Reigen des Wettlaufs. Wer langsam lief, um die Flamme zu schonen, der sah von lebhaften spöttischen Zurufen des Volkes sich gespornt.

Die athenischen Stämme wählten aus ihrer Mitte die schönsten Greise, die stattlichsten Männer, um den großen

Festzug zu verherrlichen, und sie kämpften mit ihrer Auswahl um den Preis. Auserlesen waren auch die am Festzuge teilnehmenden Jünglinge und Jungfrauen; nur bedurfte es bei blühender Jugend nicht so strenger Auswahl, wie bei dem reifen und dem Greisenalter, um dem Auge nur Wohlgefälliges, Schönes und Edles zu bieten.

Den Wettkämpfen schlossen auch *musische* sich an.

Perikles war es gewesen, der, jede Art von Tüchtigkeit mit gleicher Wärme umfassend und fördernd, auch Saiten- und Flötenspiel und Tanzchöre in den Kreis der Wettkämpfe der Panathenäen zog. Denn unter den Ämtern und Würden, welche er bekleidete, war auch die eines Ordners der öffentlichen Spiele und Feste zu Athen.

Als nun der Tag des eigentlichen Hochfestes anbrach, an welchem der sogenannte Peplos nach altem Brauch der Stadtschirmerin Athene im Erechtheion überbracht und die Sieger in den panathenäischen Wettkämpfen im neuen Parthenon gekrönt werden sollten, ordnete sich der Festzug im Stadtbezirke des Kerameikos.

Der ganze weite Bezirk wimmelte von Einzelzügen, welche alle nach dem Orte der Vereinigung sich hinbewegten. Dieser Ort der Vereinigung aber bot dem Auge noch den Anblick einer lebensvollen, bunten und glänzenden Verwirrung. Hier stand das zum Opfer bestimmte schöngehörnte Rind in seiner Wucht, dort entlud die starke, spannkräftige, ehern-stramme Natur der mutigen Rosse sich gleichsam elektrisch in funkensprühendem Hufschlag. Neben den ungeduldig sich bäumenden Rossen standen Jünglinge, welche sie mit kräftigen Händen an den blinkenden Zäumen hielten, oder beschäftigt waren, sie aufzuzäumen, oder auch, sie in kunstvollen Wendungen prüfend zu tummeln. Und so erfreute schon jetzt sich das Auge an lebendigen Gruppen, an Bildern der Kraft und Wohlgestalt.

Aber der bunte Knäuel entwirrte sich. Der Festzug begann sich zu ordnen. Und nachdem dies geschehen, setzte er sich unter den Klängen von Trompeten, Flöten und Saiten-Instrumenten in Bewegung. Den Anfang machte die Hekatombe der Opfertiere, hundert auserlesene glänzende Rinder, bestimmt, auf der Akropolis der Göttin geschlachtet zu werden, dann aber dem Volke zum Festschmause zu dienen: prächtige Tiere, fleischig und stark der Nacken, tief herabhängend die Wammen, die Hörner in der Art der beiden Schenkel einer Lyra schön gekrümmt, mit Blumenkränzen behängt und an den Spitzen zum Teile vergoldet. Geführt waren sie von kräftigen Jünglingen, welche mit fester Hand die ungeduldig sich Sträubenden bändigten. Widder folgten den Rindern, nicht minder schön und stark, schön gehörnt und schön befließt. Hinter diesen Tieren samt ihren Treibern, Opferdienern und Opferpriestern kamen die Träger anderer Spenden mannigfacher Art: sie trugen auf flachen Schüsseln Opferkuchen, Flüssiges teils in Schläuchen, teils in großen, edelgeformten Gefäßen.

Nun folgte ein glänzender Zug athenischer Frauen und Jungfrauen, in reichen Festgewanden, goldene und silberne Opfergeräte tragend, prächtige Schaugefäße, das Jahr über an einem dazu bestimmten Orte aufbewahrt und nur bei solcher festlichen Gelegenheit zur Schau getragen. Zierliche Körbe, gefüllt mit Blumen, Früchten, Räucherwerk, trug ein Teil der lieblichen, in Goldschmuck prangenden Jungfrauen über den Häuptern. Aus den blühendsten Töchtern Athens gewählt, zart und stattlich, reizend und würdevoll zugleich, entzückten diese Korbträgerinnen jedes Auge durch die sittige Anmut ihrer Mienen und ihrer Haltung, ihrer Bewegungen. Es waren Mädchenknospen, keusch in sich verschlossen, aber funkelnd vom Tau der Jugendfrische. Das Jahr über verborgen, gleich jenen goldenen Schaugeräten, und dem Auge der Welt entrückt im Schoße der Frauengemächer, waren auch sie jetzt gleichsam hervorgezogen, um zu glänzen im Lichte des festlichen Tages. Das Hochfest enthüllte, was sonst den Blicken sich verbarg; es enthüllte, entfesselte alles, was schön und glänzend war. Heute warf der Liebesgott seine Pfeile, heute begegneten sich Blicke holder Jungfrauen und liebewerbender Jünglinge. Jungfräulicher Befangenheit hielt der angeborne, seine Strahlen frei und heiter um sich her ausgießende Reiz das Gleichgewicht.

Nach den prunkenden Opfergeräten wurden die noch herrlicheren Weihegeschenke einhergetragen, deren Zahl niemals größer gewesen als diesmal: Prachtgefäße, funkelnde Gold- und Silberschilde, Dreifüße von anmutigster Gestalt mit reicher Verzierung, auch Bildwerke aus den Händen trefflicher Meister. Das alles, offengetragen, schimmerte augenblendend in den Strahlen der Sonne.

An den Zug der Jungfrauen schlossen sich die lieblich zarten, noch kindlichen Mädchengestalten der Arrephoren in dem Festschmuck, welchen sie bei ihren heiligen Verrichtungen auf der Akropolis getragen, unter ihnen die holde, kindlich-fromme, mutige Hipparete.

Nun folgten die Träger und Geleitsleute jener Geschenke und Opfer, welche der Göttin von den athenischen Kolonien, oder von den mit Athen verbündeten Städten und Inseln dargebracht wurden.

Jetzt aber kam von allen Weihegeschenken erst das bedeutungsvollste, des ganzen Festzuges glänzender Mittelpunkt, das große, reiche Prachtgewebe des Peplos. Nicht von Menschenhänden wurde es getragen: segelartig war es über eine Art von Prachtschiff ausgespannt, das im Festzuge auf Rädern sich weiterbewegte. Dies schiffartige Gefährt, ein Werk von außerordentlicher Größe und Schönheit, mußte es im Reigen der Schaustellung athenischer Volksherrlichkeit nicht an die Seegewalt der Athener erinnern und an den Meergott zugleich, dessen Kult in uralter Verbindung war mit dem des Erechtheus und der Pallas auf der Burg? Und daß der Peplos statt des Prachtfahrzeuges zur Hauptsache geworden im Panathenäenzuge, erinnerte es nicht an den Sieg der lichten Göttin Pallas Athene im Wettstreit mit dem finsteren Dreizackschwinger? Der lichten Göttin Anteil an dem Götterkampfe wider die Giganten war dargestellt in den schimmernden Goldstickereien, kunstvoll aufgetragen auf den purpurnen oder krokosfarbenen Grund des Gewebes. Über dem Mast des Prachtschiffes ausgespannt, sah man dies goldgewobene Bild jenes Kampfes der Lichtgötter wider die rohen Urgewalten, erhöht in den Lüften, dem Volke weithin sichtbar leuchten im Glanze der Sonne.

Hinter dem Prachtfahrzeug mit dem Peplos schritten die Sieger in den panathenäischen Wettkämpfen stolz einher: die Saitenspieler und Flötenbläser mit ihren Tonwerkzeugen, der Sieger im Fackellaufe, in der Hand seine brennende Fackel, mit welcher nach altem Brauch das Feuer für das große Festopfer der Göttin auf der Akropolis angezündet wurde, die Sieger in dem Wettrennen der Rosse und Wagen mit ihren prächtigen Viergespannen, auf jedem der Lenker und sein Genoß mit Helm und Schild; ferner, mit Ölzweigen in den Händen, jener Zug von schönen und würdevollen Greisen, welcher im Wettkampfe betagter Wohlgestalt den Sieg davongetragen hatte. Wie auf edle Vorbilder blickte die athenische Jugend auf diese Männer im Silberhaar, welche sich würdevolle Schönheit und Frische des Leibes und der Seele bis ins späte Alter bewahrten. Ihnen folgte beritten der Ephebenzug, Athens männliche Jugend, schlanke Gestalten, dunkelgelockt, feueräugig, auf den edlen Rossen als wohlgeübte Reiter sich wiegend. Von den Strategen und Taxiarchen geführt, zog hinter den Epheben die waffenfähige Mannschaft Athens: die Schwerbewaffneten und die Reiterei der Edelgebornen in glänzender Rüstung auf den schönsten und feurigsten Rossen – denn zu Roß erschien der reiche und vornehme Athener im friedlichen Festaufzug wie im Felde – dann in endlosem Zuge die Bürgerschaft, an ihrer Spitze die Würdenträger: die Archonten, die Männer des Rates, die Oberpriester; das Volk nach den Gauen geordnet, Männer und Frauen in Festgewändern, Myrthenzweige in der Hand, hinter den Bürgern aber die Beisassen, die Frauen derselben mit Eichenzweigen, als Schutzbefohlene des Zeus Xeinios, des Gottes der Gastfreundschaft. Andere Frauen und Töchter der Beisassen gingen hinter den athenischen Bürgerinnen einher, deren Schutz sie genossen, und trugen Sonnenschirme in den Händen, um sie, wenn der Zug in der brennenden Sonne anhielt, über den Häuptern jener zu halten, oder lehnenlose Sessel von kleiner zierlicher Gestalt, auf welche die Schutzherrinnen, wo der Zug stillstand, sich niederlassen konnten.

Dieser Festzug nun bewegte sich vom äußern Kerameikos aus durch die schönsten Straßen der Stadt, bis auf die Agora, welche bestreut war mit Eichenlaub und sonst auch festlich ausgeschmückt: die Verrichtung der Sklaven an diesem Tage. Hier machte also der Zug zum ersten Male Halt, und das Reitergeschwader der vornehmen Athener in seinen glänzenden Rüstungen führte auf weitgedehntem Platze Bewegungen und Übungen aus, welche schier den prächtigsten Teil der ganzen Festschau bildeten.

Während der Zug auf der Agora verweilte, hatte von ihm ein Teil des Geleites der Opfertiere mit einem Teil der

Tiere selbst sich abgezweigt, um vorausgehend die beiden üblichen Voropfer, das eine auf dem Hügel des Areopag, das andere beim Altar der Athene Hygieia darzubringen.

Nach Vollendung dieser Voropfer setzte der Festzug mit der Hekatombe und dem Peplosschiff sich wieder in Bewegung. Er nahm seinen Weg auch weiterhin durch die vornehmsten Straßen und kam an den berühmtesten Heiligtümern vorüber, an welchen man ein wenig verweilte, den Gott durch Opfer ehrend oder durch den Gesang eines Päans.

Als man an der Stelle angelangt war, wo der Weg auf den Hügel der Akropolis hinaufführte, wurde von Rossen und Wagen zurückgelassen, was auf dem breiten aber steilen Wege dem Zuge nicht folgen konnte, oder was auf des Burgberges Hochfläche nicht genug Raum gefunden hätte. Aber es fehlte nicht an kühnen Reitern, noch selbst an Wagenlenkern, welche mit ihren mutigen Rossen dennoch im Geleite des Zuges blieben, auf des breiten Weges Mittelfläche sich haltend: denn durch gerilltes Pflaster wurde hier die Gefahr des Ausgleitens für Pferdehufe sowohl als Räder gemindert.

Angelangt auf der Akropolis, machte nun der Zug halt zwischen dem Erechtheion und dem neu vollendeten Festhause der Pallas Athene. Der Peplos wurde in das Erechtheion gebracht, und das Opfer der Hekatombe begann unter Absingung eines Päan vor einem im Freien stehenden Altare an der östlichen Seite des Parthenon.

Aber kein Blick der Menge fiel in die dämmernde Halle des Erechtheions, wo das uralt-heilige Holzbild der Athene, auf einem blumenumhangenen Throne stehend, seinen altgewohnten Tribut, den Peplos, in Empfang nahm; unbeachtet blieb auch des Opfers heilige Verrichtung: jedes Auge wandte sich der leuchtenden Marmorpracht jenes Tempels zu, dessen Pforten sich heute zum ersten Mal den Blicken des Athenervolkes erschließen sollten.

Des neuen Festhauses erster Eindruck war der einer glänzenden Lichterscheinung. Leuchtender Marmor war alles an ihm, von den Quadern des Unterbaues bis hinauf zum letzten der zierlich gemeißelten Ziegel seiner Bedachung. Und was nicht Marmor war, glänzend in der Reinheit seiner jungfräulichen Weiße, das war Goldschmuck oder heller Farbenzauber.

Von der Seite des Sonnenuntergangs gegen jene des Aufgangs, in länglichem, säulenumgebenem Viereck sich erstreckend, stand hoch, stolz und frei der Wunderbau, vom Sonnenlicht umflossen, auf seiner Höhe. Edel und klar, maßvoll in seinen Verhältnissen, schien er dennoch von seinem gewaltigen Unterbau mit wunderbarem Schwunge fast riesig emporzustreben. Schon dieser Unterbau mit den emporführenden Marmorstufen ragte hinaus über das Haupt des Beschauers. Der Tempel selbst aber mit seinem Marmorsäulenwald, mit dem Bildschmuck seiner ringsumlaufenden Friese, mit den lebensvollen, kolossalen Marmorgruppen, welche die breiten Giebelfelder wie mit einem Schwarme wunderbarer Gestalten bevölkerten, mit dem leuchtenden Gold- und Farbenschmuck, der hie und da den Glanz des weißen pentelischen Marmors überfunkelte, schien von der lichtumflossenen Hochfläche gleichsam der jungfräulichen Göttin entgegengehoben in ihr heimisches Lichtreich, in den ihr heiligen Äther.

Nichts aber fesselte in diesen ersten Augenblicken der Betrachtung das Auge des Atheners so sehr, als die großen, in den gewaltigen Marmorgruppen sich darstellenden Szenen, welche die breiten Felder der beiden Giebel füllten. Dieser Anblick war überwältigend. Denn die herrlichen Gestalten, wie sie da ruhend, stehend, schreitend, nicht etwa nur in halberhobener Arbeit, sondern in Standbildern, losgelöst von ihrem Hintergrunde, in fein angedeutetem Bezuge zueinander sich darstellten, sie schienen aus ihrer Umrahmung hervortreten und heruntersteigen zu wollen zum Volke der gottgeliebten Athener. Maßvoll erschienen sie in Haltung und Bewegung, aber voll gesunden, herrlich erblühenden Lebens in sinnvoller Gestaltung.

Den Augenblick nach der Göttin Geburt aus dem Haupte des Zeus schaute der Athener dargestellt auf dem Giebelfelde der Seite des Sonnenaufgangs: in der Mitte den Gott, die Göttin und den Titan Prometheus, welcher des Gottes Haupt gespalten, um der Lichtgöttin zur Geburt zu verhelfen: von da nach beiden Seiten hin mit der frohen Botschaft hinwegeilend Nike und Iris, ihnen entgegen Göttinnen und Heroen, die Botschaft freudig vernehmend; in des Giebelfeldes Ecke zur Linken Helios mit seinen Flammenrossen emporstrebend, zur Rechten die Nachtgöttin mit ihrem Gespanne hinabtauchend in die Fluten des Okeanos. Den Streit Poseidons aber mit Pallas Athene um den Besitz und die Schutzherrschaft des attischen Landes enthielt die Giebelseite des Westens: in der Mitte die beiden streitenden Gottheiten: der ungestüme Poseidon, der soeben mit dem Dreizack den heiligen Quell aus dem Felsen geschlagen, ihm gegenüber Pallas Athene und der auf ihr Gebot emporgesproßte heilige Ölbaum; neben ihr das hoch sich bäumende Gespann für den Siegeszug; Gottheiten und Heroen des attischen Landes der Göttin sich anschließend, dem Poseidon das Gefolge seiner Meergottheiten. Von diesen Gestalten, alle über Menschengröße in Marmor gebildet, schweifte das Auge zu den kleineren Bildwerken des Frieses über den Säulen, wo in den langen Reihen der Metopenfelder Kämpfe hellenischer Streiter mit wilden Kentauren gebildet waren; von da durch die

Säulen, welche rings um den Tempel liefen, hinein zu dem Gebilde jenes inneren Frieses, welcher die äußere Marmorwand des Tempelgemachs umkreiste. Und mit dem Blicke auf diesen begann das Auge des Atheners noch heller zu glänzen: denn hier erblickte der lebendige Festzug sein eigenes Spiegelbild in Marmor gemeißelt: Szenen aus dem Zuge der Panathenäen und aus den Vorbereitungen zu diesen: Züge schöner, sittiger Jungfrauen, von Jünglingen auf sich bäumenden Rossen, stolz dahinbrausende Gespanne und Kampfszenen hippischer Agonen, die Überreichung des Peplos, und inmitten all des menschlich Schönen olympische Götter, aus ihrer Unsichtbarkeit und Unnahbarkeit herausgetreten als Zeugen des herrlichsten Festes.

So einfach, so prunklos edel erschien hier bei aller Schönheit jede Gestaltung, daß sie aus dem Marmor zu dem Athenervolke für alle Folgezeit zu sprechen schien: „Haltet ein das *schöne Maß,* und lasset euer Leben immerdar in solch edler Einfalt; in solcher Schöne und Reinheit blühen, wie es euch hier begegnet in den Marmorgebilden aus der Werkstätte des sinnigen Pheidias!"

Angesichts des harrenden Volkes schritten jetzt, als das Opfer der Hekatombe dargebracht war, in feierlichem Zuge die ersten Würdenträger Athens über die Stufen des Tempels zur Pforte hinauf. Sie ordneten dort sich zu beiden Seiten der Pforte. In ihrer Mitte stand Perikles und der Archon Basileus.

Jetzt öffneten sich die breiten schmuckreichen Erztüren des Tempels. Das Innere desselben erschien mit feinen schimmernden Säulen, und das neue hehre Bild der Pallas Athene des Pheidias leuchtete hochragend zum ersten Male aus der heiligen Dämmerung hervor dem Volke der Athener.

Da begannen die Teilnehmer des Festzuges einen Preisgesang auf die Göttin anzustimmen. Als dieser verklungen war, trat Perikles hervor und sprach von den Stufen des Tempels herab zum versammelten Volke.

In Urzeiten, sagte er, habe Pallas Athene die Fülle leiblicher Segnungen ausgegossen über die Wiege des Athenervolkes, und als die Spenderin des nährenden Ölbaums, als die Geberin der ersten Güter, als die Begründerin und Förderin der Wohlfahrt des attischen Landes verehre man sie in jenem ehrwürdigen, aber formlosen Holzbilde des Erechtheions. Dann aber sei die Zeit gekommen, in welcher Athen sich mit dem Schwerte umgürtete, an der Spitze von Hellas die Barbaren bekämpfte, und in Siegen gekräftigt zur Blüte seiner Macht sich emporschwang. Als Wahrzeichen dieser Zeit rage auf der Burg das über Land und Meer hin sichtbare Riesenbild der Vorkämpferin. Jetzt aber sei angebrochen die Zeit, in welcher der Göttin innerstes und tiefstes Wesen und mit ihm der schönste Teil ihrer Segnungen für das attische Land und Volk sich entfalte. Offenbaren wolle sie sich nun wirklich als die Göttin des lichtspendenden Äthers, in dessen Glanz die Nacht zerrinnt, als die Nachdenkliche, Sinnige, um deren Stirn der freie Gedanke in schöner Klarheit schwebt, als die Förderin aller schönen Fertigkeiten und Künste und jedes aus dem Geiste stammenden Segens. Als solche habe Pheidias jetzt sie hingestellt, eine Pallas Athene des Friedens. Und über diese neue Gestalt der Göttin habe man das neue, ihrer würdige Tempelhaus gewölbt, kein priesterliches Opferhaus, sondern ein panathenäisches Festhaus der Göttin, in welchem sie ihres Wesens echtes Licht und echte Macht, losgelöst von priestertümlichen Schranken, offenbar zu machen vermöge. Sinnvoll umhege dieses Tempelhaus die Göttin, ergänzend die Offenbarung ihres Wesens selbst und zugleich des Volkes, das sie schirmt. Denn in Eins verschmolzen sei nun bald das Wesen der Göttin und ihres Volkes. Und so wolle man auch fernerhin den Peplos darbringen dem altehrwürdigen Holzbilde der Stadtschirmerin, uralt-heilige Sitte der Väter ehrend, aber Ziel und Mittelpunkt des Festes der Panathenäen sei fortan der Parthenon. Hier sollen von jetzt an die Sieger in den Agonen ihre Preise aus der Hand der zu der Göttin Füßen sitzenden Richter empfangen, und zu den Bildwerken des glänzenden Festhauses werde das Volk sich wenden, um jene Austrahlung des innersten Wesens der Göttin in sich aufzunehmen, das Gemüt zu erfüllen mit dem Großen und Bedeutungsvollen, das hier von Wänden und Giebeln und Friesen herab mit marmornen Zungen rede. In diesen Gebilden lese der Athener die Geschichte seines eigenen Selbst, lese das in Stein gehauene Heldenlied der Siege des Lichtes und des Geistes über alles Dunkle und Rohe. Seiner Kraft inne werdend, entbrenne des Hellenen Geist von edler Begier, würdig zu bleiben des Denkmals, das er hier für alle Zeit sich selber gesetzt hat.

Nach diesen Worten des Perikles erneuerte das Volk begeistert den tausendstimmigen Päan auf die jungfräuliche Göttin, und unter diesem Gesange so wie unter dem Schall der Flöten und Saitenspiele, welche den Festzug begleiteten, schritt auf den Wink des Archon Basileus, und geführt von ihm, über die Stufen zuerst der Zug der Jungfrauen empor und wandelte durch die geöffneten Pforten des Parthenons. Von jungfräulichem Fuße sollte der jungfräulichen Göttin neues Heiligtum zuerst betreten werden. Den Jungfrauen folgten die Jünglinge, und während jene im Innern des Tempels zur Rechten, diese zur Linken des Bildes der Göttin sich reihten, unter dem fortgesetzten Gesange des Päans, betraten diejenigen, welche die Weihegeschenke im Festaufzuge trugen, das Festhaus und stellten die Geschenke zu den Füßen der Göttin nieder. Andere Weihegaben, insonderheit gold- und silberglänzende Schilde, wurden aufgehangen über den Architraven der Säulen des Tempels. Nun wurden die Sieger in den panathenäischen Wettkämpfen über die Schwelle geführt, mit ihnen die Preisrichter und die Träger der ersten Würden in Athen.

Heller erklang Flöten- und Saitenschall, begeisterter rauschte der Päan durch die marmorprangende Halle hin, als nun das strahlende Bild der Göttin den in den Tempelraum Geführten und dem nachströmenden Volke der Athener unmittelbar vor Augen stand. Alle Blicke waren auf dasselbe gerichtet.

Augenblendend wie der Tempel, leuchtete auch die kolossale Göttergestalt: von Elfenbein waren ihre unbekleideten Teile gebildet, von Gold alles Übrige; tiefsinnig vor sich hin blickte das ernst-schöne Haupt, bedeckt vom wuchtigen Goldhelm, unter welchem das reiche Gelock hervorquoll. Nachdenklich waren die Züge des Antlitzes, aber das Sinnende schien sich in eine milde Klarheit aufzulösen. Zur Linken der Göttin ruhte der Schild, *friedlich gesenkt, nicht mehr kriegerisch erhoben*. Lässig ruhte auch die Lanze in ihrer Hand. Nicht als *Kämpferin* erschien sie mehr, wohl aber als *Siegerin*: auf ihrer ausgestreckten Rechten trug sie eine geflügelte Siegesgöttin, wie man eine Taube oder einen Falken trägt. Die geflügelte Siegesgöttin wiederum hielt ihr einen goldfunkelnden Kranz entgegen. Unter des Schildes Hut geborgen ringelte sich die heilige Burgschlange, Sinnbild der erdgebornen götterbehüteten Urkraft des attischen Landes und Volkes. Auf der Göttin Brust verbreitete sich der Agispanzer mit dem strahlenden Gorgonenhaupte. Unter der Wölbung des hochragenden Zierrats ihres Helmes war eine Sphinx sitzend gebildet, ihr zur Rechten und

Linken Greise, als des Tiefsinns Bilder, des Scharfblicks und der Wachsamkeit. Auch sonst noch strebte vielfach bedeutungsvoller Zierrat der Göttin Wesen völlig auszudeuten: auf des Schildes äußerer Seite Kampf gegen die wilden Amazonen, auf der Innenseite die trotzigen Giganten, auf dem Rande der Sandalen die wilden Kreaturen; und so überall Kampf mit wilden dunklen Gewalten.

Würdig wölbte um die glanzvolle Erscheinung der Göttin sich ihr prächtiges Haus. In doppelter Reihe ließen die schimmernden Säulen, mit Blumenkränzen festlich umwunden, durch die Tempelhalle, in drei Schiffe sich teilend. Bei den Seitenschiffen aber bildete eine zweite Säulenstellung über der ersten ein Obergeschoß, einen offenen Rundgang. In weitem Viereck durchbrochen war die Mitte der auf jener oberen Säulenstellung ausruhenden flachen Bedachung, so daß das Licht in den sonst fensterhohen Tempelraum und auf das Götterbild von oben herabfiel. Wundersam angemessen war diese von oben hereinströmende Helle des Äthers der Würde und göttlich durchschauerten Stille des Tempels: entlastet ward durch den Ausblick zu dieser lichtumströmten Öffnung und dem blauen Himmel darüber das Gemüt von dem überwältigenden Eindrucke des glanz- und machtvollen Bildwerks.

Die Falken und die Adler, das Flammengespann des Helios und die Wetterwolken des Zeus zogen darüber hin, und im wechselnden Spiele der Lichter und Schatten, bald von goldig-warmem Glanze, bald von weißem kühlen Silberlicht umflossen, bald in halbe Dämmerung getaucht, schien das Antlitz der Göttin wie mit veränderten Zügen, wie mit wechselnden Mienen ernster oder milder herabzublicken von seiner Höhe. In der edlen Herrlichkeit des Tempelraumes war nichts, was das Auge von der Göttin abgelenkt hätte; alles leitete zu ihr hin, selbst die Reihe der schön geformten, glänzenden Weihegeschenke zwischen den Säulen. Nichts war da vorhanden von jener zerstreuten Pracht, mit welcher andere Zeiten, andere Völker die Häuser ihrer Götter zu schmücken trachteten. Einsam stand in der glanzumfloßnen, geheimnisvoll-stillen Marmorhalle das riesige erhabenschöne Götterbild.

Nachdem so das neue Festhaus der Athene von dem Volke der Athener mit begeisterungsvollen Gesängen, begleitet von Flöten- und Saitenschall, der Göttin dargeboten und geweiht und die reichen Weihegeschenke zu ihren Füßen niedergelegt waren, begann die Verteilung der Preise an die Sieger in den panathenäischen Kampfspielen. Aufgerufen wurden von den Preisrichtern die Sieger, und da zuerst den siegreichen Knaben, dann den Jünglingen, zuletzt den Männern die Preise zugeteilt und übergeben wurden, so fügte es sich, daß der vierzehnjährige Sohn des Kleinias, Alkibiades, als Sieger unter den Knaben der Erste war, der in dem neueröffneten panathenäischen Festhause aufgerufen wurde und den Preis empfing aus den Händen der Richter. Der stolz und fröhlich blickende Knabe empfing eine prächtig geformte Amphora, in leuchtenden Farben geschmückt mit einer Darstellung des jungen schlangenerwürgenden Herakles. Gefüllt aber war das herrliche Gefäß mit Öl von den heiligen Ölbäumen der Palles Athene im Garten der Akademie. Ähnliche Ehrengaben empfingen die Sieger in den übrigen Agonen; denjenigen aber, welche aus den musischen Wettkämpfen als Sieger hervorgegangen, wurden goldene Kränze zuerkannt.

Als so die Verteilung der Preise vollzogen war, ging unter den Augen des Volkes noch die Übertragung des athenischen Schatzes in das Hinterhaus des Parthenon vor sich. Dies Hinterhaus, welches, von den Säulen des Parthenon mitumschlossen, an das Tempelgemach in der Richtung gegen Westen folgte, war ein ringsum wohlverwahrter, fensterloser Raum, der nur durch eine Lampe erleuchtet werden konnte und in dessen geheimnisvollem Dämmerlichte der gemünzte und ungemünzte Schatz Athens, daneben noch Kleinode mancher Art, kostbares Schau- und Prunkgerät, auch Urkunden des Staates von besonderer Wichtigkeit fortan hinterlegt blieben unter der Aufsicht der Schatzmeister des athenischen Volkes.

Unter den Scharen der über die Höhe der Akropolis Hinschwärmenden, welche die neu enthüllten Herrlichkeiten des Parthenon bestaunten, befanden sich auch viele, welche aus der Fremde gekommen.

Darunter ein Mann aus Sparta.

Als dieser sich anschickte, die neue Tempelhalle zu betreten, wurde er von einem athenischen Jüngling, der ihn schon einige Zeit mit Blicken und Schritten verfolgt hatte, bei der Schulter gefaßt und mit den Worten angesprochen:

„Hinweg von dieser Schwelle! Doriern ist es versagt, hier einzutreten!“

In der Tat verbot ein alter Wahrspruch Männern dorischen Stammes den Eintritt in die Heiligtümer der Burg zu Athen. Und wenigstens den ausgesprochenen Gegnern Athens gegenüber erinnerte man sich zuweilen dieses Wahrspruchs. Als nun eine große Menge Volkes sich um den Sparter versammelt hatte, und der Jüngling Äußerungen der Mißgunst wiederholte, welche er aus dem Munde desselben zuvor vernommen, so ergriff alles Partei gegen den Fremden, und er wurde gezwungen, die Burg zu verlassen.

So loderte, wenn auch nur blitzartig, für einen flüchtigen Moment, selbst bei dem friedlichen Feste die Gegnerschaft, welche die beiden großen Hellenenstämme uralt entzweite, bedeutungsvoll empor …

Aber es gab auch einen Athener auf der Akropolis, welcher in das Festgedränge, das den neuen Parthenon umwogte, mit Blicken des Grolles und der Mißgunst sah. Dieser Athener war der Erechtheuspriester Diopeithes. Zwar war nach altem Brauche der Peplos ins Erechtheion getragen, dem Holzbilde der Athene Polias dargebracht worden. Aber flüchtig und kühl war dies geschehen, und dem neuerbauten Tempel, dem priesterlosen Festhause der Pallas Athene, hatte das gesamte Athenervolk sich zugewendet. Nicht dem aus Himmelshöhen herabgesendeten Palladion der Stadt Athen, nicht der Göttin *seines* Heiligtums, sondern dem eitlen Prunkbilde des Pheidias hatten die Athener gehuldigt. Zu den Füßen dieser neuen Athene, nicht in seinem Tempel waren die kostbaren Weihegeschenke niedergelegt worden. Die Götter des Erechtheions zürnten und ihre Priester mit ihnen ...

Wie an jenem Tage, da Perikles und die verkleidete Aspasia im Geleite des Sophokles auf der Höhe der Akropolis wandelten und den Grund legen sahen von dem, was jetzt vollendet ragte, stand auch nun Diopeithes im Gespräche mit einem seiner Vertrauten an der Pforte des Erechtheions. Und siehe, wie damals, als er mit Lampon in grollenden Worten von der Verderbnis der Zeiten sprach, sah er auch jetzt plötzlich den ihm verhaßten Mann mit eben jener Aspasia über die Höhe des Berges hinwandeln, im Geleite des Pheidias, des Iktinos, des Kallikrates, des Sophokles, des Sokrates und anderer jener erlesenen athenischen Männer, welche mit Pheidias den homerischen Spruch: *„Nie läßt mich zittern Pallas Athene!“* auf ihre Fahne geschrieben.

Als nämlich die Stunde des großen Festschmauses herangekommen war, bei welchem das Fleisch von hundert Rindern der Hekatombe und die Fleischreste der Voropfer dem

Volke zum gemeinsamen Mahle dargeboten wurden, beträuft von reichlicher Spende des Dionysos, wandelte jene erlesene Schar auf der stiller gewordenen Akropolis umher, ungestört das Neuvollendete zu betrachten.

Das Antlitz des Pheidias war heute nicht ernst in sich versenkt wie sonst, ein heiterer Glanz umschwebte seine Stirn.

Hocherfreut sprach Perikles davon, wie er, nachdem er den Beginn und das allmähliche Wachsen aller dieser Werke verfolgt, nun doch nach einjähriger Abwesenheit von Athen die volle Überraschung durch ein Fertiges habe, dessen vollendete Herrlichkeit er nicht vorausgeahnt. Und wieder rühmte er, wie so Vieles und Herrliches in einer kurzen Reihe von Jahren vollendet worden, hervorgegangen gleichsam aus einem einzigen Haupte.

Pheidias aber sagte, nicht durch das eine Haupt, sondern durch die tausend kunstfertigen Hände, welche jenem Haupte dienten, sei das Wunder geschehen. Aber nicht sowohl einem einzigen Haupte hätten sie gedient, als einem Geiste, der in schönstem Einklang alle beseelte.

Während so die Männer in freudig gehobener Stimmung den Reiz des Neugeschaffenen wie mit trunkenen Augen in sich sogen und ihrem Empfinden Worte liehen, sah man Aspasia zwar aufmerksam, leuchtenden Auges, ja mit geröteten Wangen, aber schweigend die Werke des Pheidias, des Iktinos und ihrer Helfer betrachten.

Ihr Schweigen befremdete selbst den Pheidias, den schweigsamsten unter den Männern, und er sprach zuletzt mit jener Art von ernstem Lächeln, die ihm eigen war, sich zu Aspasia wendend:

„Wenn die Erinnerung mich nicht täuscht, so ist es seit langer Zeit die schöne Milesierin, welche zu Athen von vielen als die höchste Richterin betrachtet wird in alle die

Künste betreffenden Dingen. Auch hat sie, so viel ich mich erinnere, niemals sich zurückhaltend gezeigt mit ihren Urteilssprüchen. Wie kommt es, daß sie, ein Weib, uns Männer heute durch Schweigsamkeit beschämt?"

Alle blickten gespannt auf Aspasia und machten sich stillschweigend zu Teilnehmern der Frage des Pheidias.

„Mit Recht", sagte Aspasia, „erinnerst du daran, daß ich ein Weib bin, o Pheidias! Als ein solches bin ich nicht immer so rasch gefaßt wie ihr Männer, in meinen Gedanken ist weniger strenge Folge und Ordnung als in den eurigen. Beweglich ist des Weibes Gemüt, und ihr möget zusehen, ob ihr nicht zuviel gewagt, daß ihr mir, als einem Weibe, der einzigen meines Geschlechtes, wie es scheint, das Recht, frei zu denken, frei zu reden, eingeräumt. Hier steht der neue Wunderbau, groß wie ein Berg und schön wie eine Blume, und welche Fülle des Vollendeten ist mit ihm zugleich vor unseren Blicken ausgebreitet und enthüllt! Das alles ist so anmutig in seiner Würde, so mannigfaltig in seiner edlen Einfachheit und so bewegt in seiner Ruhe, so gereift in seiner Jugendfrische, so tiefsinnig in seiner Natürlichkeit, so heiter in seinem Ernst, so menschlich in seiner Göttlichkeit, daß jedes männliche Gemüt nur in einen Zustand höchster Befriedigung und völliger Wunschlosigkeit dadurch versetzt werden kann. Der Weiber Art aber ist es, wie der Kinder, daß, wenn sie mit einer Hand Erwünschtes in Empfang nehmen, sie die andere schon nach anderem ausstrecken, und ein Drittes vielleicht mit den Augen verfolgen. Wär' ich ein Mann, so würde ich in diesem Augenblicke mich begnügen, den Pheidias begeistert als den ersten, als den größten aller Hellenen zu preisen. Als Weib aber habe ich einen Wunsch übrig, ja sogar eine Anklage wider ihn auszusprechen. Fürchtest du nicht den Zorn der goldenen Aphrodite, o Pheidias? Du scheinst mir immer nur das Hohe, das Reine, das Göttliche zu suchen, um es in der Menschengestalt zu verkörpern; und wäre das Göttliche nicht zufällig immer auch schön, so würdest du, glaube ich, dich um das Schöne nicht kümmern. Denn niemals suchst du es, und was die Sinne reizt, das Herz entflammt, in deiner Seele hat es keinen Widerhall. Den Reiz der Weiblichkeit um seiner selbst willen darzustellen, wie Dichter es begeistert tun, wenn sie von der Aphrodite singen, verschmähst du. In einen heiligen Ernst ist stets dein Sinn getaucht, und deine Seele schwebt, Adlern gleich, nur über den Gipfeln. O Eros, hast du keinen Pfeil für diesen? Warum, o kyprische Göttin, schlägst du diesen nicht in deine goldenen Fesseln, damit er deinem Reiz seinen Meißel weihe und damit durch ihn endlich auch *dein* innerstes Wesen so offenbar werde, wie durch ihn seiner Göttin Pallas Athene tiefstes Wesen offenbar geworden ist in diesen Gebilden?"

„In der Tat," sagte Pheidas, ich habe bisher gegen des Eros Pfeile und der Aphrodite Fesseln Schutz gefunden unter dem Schilde der Pallas Athene, und ihr verdanke ich's wohl, daß meine Kunst nicht weibisch geworden. Klage übrigens die Lemnier an, o Aspasia, wenn ich auch jetzt, nachdem ich eben das Bild der jungfräulichen Göttin für den Parthenon vollendet, meine Kunst nicht der goldenen Aphrodite zuwende. Denn nicht eine Aphrodite ist's, was die Lemnier von mir verlangen, sondern ein Erzbild eben wieder jener Pallas Athene für sie zu fertigen, dringen sie seit langer Zeit in mich."

„Was du da sagst", versetzte Aspasia nach einer kleinen nachdenklichen Pause, „erfüllt mich mit größeren Hoffnungen als du denkst! Ich vernahm heute, wie Perikles zum Volke sprach, darauf hindeutend, daß man vom unscheinbaren, formlosen Holzbilde vorgeschritten zur gewaltigen Vorkämpferin, von dieser zur Jungfrau des Parthenon. Wer möchte nun nicht glauben, daß auch die Pallas der Lemnier wieder hinausschreiten werde über die Jungfrau des Parthenon? Wer möchte zweifeln, o Pheidias, daß, je mehr du schaffst, um so wärmer, um so leuchtender unter deinem Zauberstab die Feuerwelle des Lebens und der Schönheit aus dem Marmor oder dem Erze hervorbrechen werde? Nachdem du das vorkämpfende *Mannweib* gebildet und die tiefsinnige *Jungfrau*, was bleibt dir übrig als das *Weib*?"

„Ob ich vorwärts schreite," sagte Pheidias, „ob ich seitab schweife, wenn ich auf die Einflüsterungen eines schönen Weibes höre, ich weiß es nicht. Aber was du verlangst, scheint auf meinem Wege zu liegen."

„Du, dessen Auge kein Hellenenweib seinen Reiz versagen würde," fuhr jetzt Aspasia fort, „stelle das *Weib* dar und seinen Reiz und verkünde als Höchstes und Letztes dem Griechenvolke: *Nur im Gewande der Schönheit wird die Weisheit alle Herzen erobern*!"

So unterredete sich Aspasia mit Pheidias. Perikles aber begann jetzt mit Iktinos und Pheidias den Plan der großartigen Vorhallen zu erörtern, welche die Krönung des Burgberges auf seiner abendlichen Seite vollenden sollten und welche nach den Gedanken dieser Männer nicht minder erhaben und prächtig werden sollten, als der Parthenon selber. Immer von Neuem aber kehrte man betrachtend und freudig genießend zurück zu dem Fertigen, zu den Bildwerken, zu den herrlichen Weihegeschenken. Hervorgehoben wurden in den Giebelfeldern und Friesen die Werke des einen oder des andern der Schüler des Pheidias: hier wurde Alkamenes gepriesen, dort Agorakritos, und so jeder von den unzähligen Bildnern, welche mit freurigem Eifer hier ihre Kräfte vereinigt hatten.

Jetzt aber geleitete Pheidias den Perikles und alle, welche um ihn waren, zu dem Werke des grübelnden Sohnes des Sophroniskos, zu der Gruppe der Charitinnen, welche der Wahrheitssucher als Weihegeschenk für die Akropolis zu fertigen unternommen.

In Marmor gebildet erblickten sie die drei Jungfrauen sich umschlingend, ähnlich einander und doch wieder von verschiedenem Wesen. Reizend war die eine, edel und streng die andere, sinnend die dritte gebildet.

Als die Betrachter über diese Verschiedenheit sich verwunderten, sagte der Bildner des Werkes mit einem Ausdrucke leiser Betrübnis in seinem Angesicht:

„Ich glaubte, daß ihr diese Verschiedenheit nicht anstaunen, sondern völlig natürlich finden würdet. Warum sollte man eine Dreizahl der Charitinnen annehmen, wenn sie alle drei nur ganz dasselbe sind und bedeuten? Ich machte mich daran, dem tiefen Sinn dieser Dreizahl nachzuspüren, und ich zweifelte nicht, daß drei verschiedene Eigenschaften sich in dem Wesen der Charis vereinigen müßten. Aber es gelang mir nicht, zu erfahren, welches die drei verschiedenen Bestandteile der Charis wären, bis Alkamenes uns zur schönen Theodata führte. Wie Schuppen fiel es mir von den Augen, als die Korintherin nacheinander die Aphrodite, die Hera und die Pallas tanzte. Was ist das Wesen der Aphrodite anders als das leiblich Schöne? Was das Wesen der Hera anders als das seelisch Schöne, oder das Gute, das Sittliche? Und was das Wesen der Pallas anders als das geistig Schöne, oder das Wahre? Und so erfuhr ich denn, daß Leib und Seele und Geist zusammenwirken müssen zum vollendeten Wesen der Charis …

Das war es, was ich damals von Theodota erfahren ob und was ich verschwieg, als ihr danach fragtet, denn es drängte mich, nicht in Worten, sondern im Bilde, wie

Pheidias, das geistig Erfaßte lebendig auszudrücken. Aber es ist mir nicht gelungen. Denn wäre es mir gelungen, so hätte es dieser meiner Worte nicht bedurft. Ich habe mich mit dem Marmor bemüht und mußte nun doch zu den Worten greifen. Du aber, o Aspasia, bedarfst der Worte nicht, um mir dein Urteil auszudrücken; denn ich lese es in deinen Mienen!"

„Und was liesest du?" fragte Aspasia.

„Du sagst mir: kehre zurück, du Grübler, von den Bildern und lebendigen Formen zu den Gedanken und Begriffen und Worten! – Ich will es tun! Ich will von diesem Tage an den Meißel aus der Hand legen, oder vielmehr ihn selbst, statt eines Werkes von meiner Hand, der weisen Göttin darbringen als Weihegeschenk. Und dies Gebilde meiner schlechten Kunst will ich zerschlagen, zufrieden, wenn der Gedanke lebt, der es geschaffen, und wenn er, statt in totem Marmor, verkörpert wird im Geist und Sinn und Leben der Athener!"

„Bringe du immerhin, o Sokrates," sagte Perikles, „deinen Meißel der Göttin dar als Weihegeschenk, um künftig das allein zu betreiben, was deine wahre Sendung ist und was kein anderer so vermag wie du. Aber dies Weihegeschenk soll unzertrümmert bleiben; denn wenn auch weniger mit Künstlerhänden, als mit dem Geiste des Weisen gebildet, stellt diese Gruppe des Hellenengeistes schönste Bestimmung vor Augen: Leib, Gemüt und Geist vereinigt und verklärt zur schönsten Blüte des Charis! Eindringlicher kann unser aller bisheriges treues Bestreben nicht ausgesprochen, würdiger nicht angespornt werden zu neuem Schwunge des Schaffens und der Tatkraft! Hier vor diesem Bildwerk ist der Ort, uns die Hand zu reichen zur Erneuerung des Bundes, der uns alle vereinigt hat. Hier auch ist, wie mich dünkt, der Ort, hier vor dem Bilde der Charitinnen, unserer edlen Aspasia zu danken für das, was sie im Vereine mit uns gefördert, nicht sowohl mit Worten spornend, als durch ihres Wesens Ausstrahlung unmittelbar befeuernd. – Denn ihr Wesen fällt, ihr wißt es alle wohl, in die Gemüter wie ein Lichtstrahl und entzündet immer Neues und Schönes. Gestalte nach ihrem Bilde deine neueste Pallas, o Pheidias! Denn sie *sagt* es dir nicht bloß, sie hat es an dir und an uns allen mit der Tat erprobt, daß die Weisheit unüberwindlich ist im Gewande der Schönheit!"

„Flüchtig ist sonst", fuhr Perikles fort, „die Spur des Schönen: es kommt und geht, wie der Strahl des Gestirns, wie die befruchtende Regenwolke. Aber die schöne Huld, welche Aspasias Wesen von sich ausstrahlt, wird uns wie ein wohlverwahrter Schatz erhalten bleiben. Nicht mehr eine Fremde seht ihr vor euch, nach welcher man ungestraft zielen darf mit gehässigen Pfeilen, oder die man beschimpfen darf mit entehrenden Namen. Sie ist von diesem Tag an meine *angetraute Gemahlin*. Friedlich gelöst ist der Ehebund, der mich mit Telesippe vereinte. An ihrer Statt waltet fortan Aspasia als Herrin an meines Hauses Herd. Ich weiß, daß der Athener mit scheelen Augen den Mitbürger betrachtet, der ein ausländisch Weib als angetraute Gattin einführt in sein Haus. Ich weiß, daß unser heimisches Gesetz den Sprossen aus solcher Ehe sogar das athenische Bürgerrecht verweigert. Dennoch habe ich Aspasia zum Weibe genommen. Aber ein Bund von neuer Art ist's, den ich mit ihr schließe, eine neue Gestalt der Ehe schwebt uns beiden vor, wie sie bisher, ich weiß nicht ob durch die Schuld der Männer oder der Frauen, niemals noch verwirklicht worden. Vielen Wandel hat unser Gemeinwesen in neuer Zeit erfahren: wenn aber das allgemeine Leben sich erneuert, warum sollte nicht auch das bürgerliche, das häusliche trachten dürfen nach einer Wiedergeburt? Mir und diesem Weibe wird der heutige Tag, der das athenische Leben auf einem glänzenden Gipfel zeigt, zugleich zu einem Wendepunkt und Hochfeste unseres persönlichen Schicksals. Athen und ganz Hellas strebt unter neuen Sternen neuen Zielen entgegen: wir beide tun das Gleiche im enggeschlossenen Kreise des inneren Lebens. Hier wie dort ist der treibende Geist und Sinn und Gedanke derselben. Und hier wie dort, meine ich, wird das Gleiche sich in gleicher Weise bewähren!"

Bevor von den Freunden einer der Bewegung, welche diese Worte des Perikles in allen hervorriefen, Ausdruck geben konnte, ergriff Aspasia die Hand des neuen Gemahls und sprach:

„Es verhält sich, wie du sagst, o Perikles, daß ich mir keine Gewalt des Wortes, noch der bewußten Weisheit anmaße. Wenn ich im Bunde mit euch etwas gefördert, so war die Wirkung, die von mir ausging, die der Weiblichkeit allein, welcher es zum ersten Male vergönnt war, sich ohne die Fesseln des Geschlechtes frei und rückhaltlos wirkend zu äußern. Bin ich eine Sendbotin, so bin ich die der Weiblichkeit. Vielleicht muß aus der Weiblichkeit die Welt, die bisher in die Bande der rauhen Männlichkeit geschlagen war, wiedergeboren werden, um jeden Rest von Barbarei der Urzeit abzustreifen. Und als ein Weib jonischen Stammes bin ich, wollend oder nicht, des jonischen Wesens Vorkämpferin gegen den ernsten, strengen Geist des Dorer-Stammes, der die schönste Blüte des hellenischen Lebens ersticken würde, wenn er zum Siege gelangte. Wehe den schönen Göttern von Hellas, wenn er jemals in der Welt die Oberhand erhält! – Bin ich in der Tat berufen und vermögend, für eine Sache zu wirken und zu kämpfen, und habe ich mich, wie ihr von mir sagt, als Fürsprecherin des Schönen und des Weiblichen erwiesen bei den Meistern der

Bildkunst, so möchte ich fortan, auch nach *anderen* Seiten des Lebens mich erprobend, den *offenen Krieg erklären jedem Vorurteil*, jedem sinnlos gewordenen Herkommen, jeder beschränkten oder verdüsterten Anschauung, jeder menschenunwürdigen Denkart. Ich werde mich, nach Bundesgenossen strebend, an die Genossinnen meines Geschlechtes wenden. Sie werden mich anhören, denn ich bin die Gattin des Perikles!"

So sprach Aspasia. Die Freunde vernahmen ihre Worte gedankenvoll und mit herzlichem Anteil.

Auch der Erechtheuspriester Diopeithes vernahm sie, im Halbdunkel hinter den Säulen verborgen. Seine Lippen zuckten höhnisch. Ein feuriger Blick des Hasses traf die Milesierin.

In begeisterten Worten begannen nun die Freunde ihren freudigen Anteil auszusprechen und das Vorhaben des edlen Paares zu preisen.

Nur Sokrates schwieg noch, wie er es oft aus Bescheidenheit tat, wenn er sich in einem Kreise ausgezeichneter Männer befand.

Da fragte Perikles den Nachdenklichen freundlich lächelnd:

„Was denkt unser Weisheitsfreund von dem Bunde, der hier angesichts seiner Charitinnen geschlossen wurde?"

„Mir ist nur dies eine klar," erwiderte der Sohn des Sophroniskos, „daß unser Athen die gepriesenste sein wird unter den Städten der menschenbewohnten Erde. Alles andere ist mir unbekannt und in Dunkel gehüllt. Aber wir wollen das Beste in allem hoffen von der Gunst des waltenden Vaters Zeus und seiner herrlichen Tochter Pallas Athene."

Die Schule der Aspasia

Seit dem Tage, an welchem der Knabe Alkibiades durch einen Diskoswurf seinen Altergenossen im Lykeion verwundet hatte, war eine Reihe von Jahren dahingegangen.

Zum Jüngling war der Knabe herangeblüht. Er war mündig geworden, denn er hatte das achtzehnte Lebensjahr erreicht. Er war nach athenischem Brauche mit den anderen Jünglingen, welche in demselben Jahre in das Alter der Mündigkeit eintraten, in der Volksversammlung vorgestellt worden, er war mit Speer und Schild bewaffnet zum Heiligtum der Agraulos am Fuße der Akropolis geführt worden, er hatte dort den feierlichen Eid geleistet, mit welchem der neue athenische Bürger dem Vaterlande sich weihte: er hatte geschworen, seine Waffen nicht mit Unehre zu tragen und seinen Nebenmann in der Schlacht nicht zu verlassen, zu kämpfen für die Heiligtümer und für das Gemeingut aller, das Gemeinwesen dereinst nicht gemindert, sondern wo möglich vergrößert an Macht und Ehre den Nachkommen zu hinterlassen, den Gesetzen, welche das Volk gegeben, zu gehorchen, und nicht zu dulden, daß ein anderer sie verletze oder aufzuheben versuche.

Aber das Vaterland, welchem der junge Alkibiades mit diesem Eide Treue schwur, machte für jetzt nur mäßigen Anspruch an seinen Eifer und seine Bemühungen. Der Peribolendienst, welchen die eben mündig gesprochenen athenischen Jünglinge zu leisten hatten, bestand in kleinen Streifungen zur inneren Sicherheit des attischen Landes, und diese waren mehr als ein Vergnügen denn als eine Last zu betrachten.

Das Gemeinwesen ließ dem jungen Sohne des Kleinias hinreichende Muße, sich des Genusses der goldenen Jugend zu freuen. Mit ihm war der junge Kallias herangewachsen, der seinen Vater Hipponikos einen Knauser nannte, und der junge Demos, der durch seine Schönheit bekannte Sohn des Pyrilampes, welcher gleichfalls der Meinung war, daß sein Vater Pyrilampes von seinen Reichtümern keinen rechten Gebrauch zu machen wisse. Alkibiades, Kallias und Demos waren unzertrennlich. Xanthippos und Paralos wurden bisweilen durch die Laune des Alkibiades, der ihnen den Ruhm der Tugend nicht gönnte, als Helfer bei einem übermütigen Streiche mit herangezogen, aber sie mußten sich mit einer untergeordneten Rolle begnügen. Denn erstlich fehlte es den Sprößlingen Telesippes an Geist und Witz, und dann strotzte ihr Säckel nicht so voll wie der Säckel jener beiden Söhne der reichsten Männer Athens, und wie der Säckel des Alkibiades selbst, welchem mit erreichter Mündigkeit der freie Besitz seines väterlichen Erbes zugefallen war.

Eine Neigung eigentümlicher Art hatte Alkibiades für den jungen Manes gefaßt, jenen Knaben von fremder Herkunft, welchen Perikles aus dem samischen Kriege mitgebracht, und welchen er gemeinsam mit seinen Söhnen und mit dem des Kleinias in seinem Hause hatte erziehen lassen. Aber die Bemühungen des letzteren, diesen träumerischen, schweigsamen, etwas schwerfälligen Jüngling in seinen munteren Kreis zu ziehen, mißlangen.

Derselbe Jüngling begann übrigens zu jener Zeit, durch eine sonderbare Art von Krankheit, die ihn befiel, der Gegenstand einer Aufmerksamkeit zu werden, welche mit dem Eindrucke des Unheimlichen verknüpft war. Es entwickelte in ihm sich jener rätselhafte Hang, welcher bekannt ist unter dem Namen des unbewußten Nachtwandelns oder der Mondsucht. In tiefer Nachtstille, wenn alles im Schlummer lag, erhob er sich von seinem Lager, mit geschlossenen Augen das monderhellte Peristyl zu durchschreiten, dann zum flachen Dache des Hauses empor zu steigen, auch dort eine Weile geschlossenen Auges umherzuwandeln, und zuletzt auf seine Lagerstätte wieder ebenso unbewußt, als er sie verlassen hatte, zurückzukehren. Die Kunde von dem traumwandelnden Jüngling im Hause des Perikles verbreitete sich in ganz Athen, und man begann von diesem Augenblicke ihn wie einen, der unter dem Einflusse dämonischer Gewalten stehe, mit einer gewissen Scheu zu betrachten.

Hatte schon der Knabe Alkibiades die allgemeine Aufmerksamkeit der Athener auf sich gezogen, so machte er begreiflicher Weise noch mehr von sich reden, als das Kinn ihm rauh geworden vom „zarten Gekräusel der Mannheit". Sein tolles Treiben bildete das Tagesgespräch, und nachdem er frühzeitig den Zauber und den Reiz kennen gelernt hatte, welcher mit dem Rufe eines liebenswürdigen Taugenichts verbunden ist, so legte er sich nicht nur keinen Zwang auf, sondern wenn er einen tollen Streich begangen, über welchen die Athener die Köpfe schüttelten, so brachte er denselben dadurch in Vergessenheit, daß er einen noch tolleren beging. Er wußte ja, daß selbst die Tadler ihn heimlich bewunderten. Es hatte manchmal den Anschein, als wolle er geradezu erproben, ob er nicht doch etwas tun könne, was die Athener ernstlich gegen ihn aufbrächte. Vergebens! Sein Tun mochte so mutwillig sein, als es wollte, er selbst blieb immer liebenswürdig.

Hipponikos verharrte bei dem Gedanken, daß die schönste Jungfrau Griechenlands, seine Tochter Hipparete, nur des schönsten hellenischen Jünglings Gattin werden dürfe. Er erzeigte sich daher so gut er konnte dem jungen Alkibiades gefällig, lud ihn häufig zu Gaste und behandelte ihn fast schon mit der Zärtlichkeit eines Schwiegervaters.

Alkibiades machte sich lustig über ihn wie über alle Welt und neckte ihn mit übermütigen Scherzen. Eines Tages sandte ihm Hipponikos köstlich zubereitete Fische auf einem goldenen Teller. Alkibiades behielt den Teller und bedankte sich bei Hipponikos mit den Worten: „Es ist allzu gütig von dir, daß du mir außer dem goldenen Teller auch noch so köstliche Fische auf demselben geschickt hast." – Hipponikos lachte, daß ihm der Schlemmerbauch wakkelte, und pries vor aller Welt den Witz seines künftigen Tochtermannes.

Die holde Jungfrau Hipparete selbst, durch ihren Vater hingewiesen auf den jungen Alkibiades als künftigen Gemahl, war heimlich entbrannt in den herrlichen Jüngling. Sie hatte ihn einige Male bei öffentlichen Festen gesehen. Er aber spottete des züchtigen Jungfräuleins.

Eines Tages verbreitete sich durch Athen die Nachricht von einem neuen Streiche des Alkibiades, welcher mehr als alle früheren geeignet war, die Aufmerksamkeit auf sich zu lenken und alle Zungen zu beschäftigen. Es hieß nämlich, Alkibiades habe auf einem Ausfluge, den er mit den erlesensten seiner Genossen nach Megara gemacht, sich dort in Händel eingelassen, zuletzt gar ein Mädchen geraubt und mit sich fortgeführt, das er nun bei sich zu Athen wie eine Gefangene verborgen halte. Nicht gering sei, so erzählte man, die Erbitterung der den Athenern schon immer feindlich gesinnten Megarer.

Manche sprachen bereits von den öffentlichen Feindseligkeiten, welche in Folge dieses Streiches der athenischen Jünglinge zwischen Athen und der dorischen Nachbarstadt zum Ausbruche gelangen würden.

Alkibiades leugnete, wenn er gefragt wurde, die Sache keineswegs und erzählte zuletzt den ganzen Hergang ausführlich, ja mit Behagen seiner mütterlichen Freundin Aspasia.

„Wir waren müde geworden", sagte er, „des langweiligen Peribolendienstes in den ländlichen Gauen wenn wir auch zuweilen eine Abwechslung in denselben dadurch brachten, daß wir mit den Strolchen und Räubern zechten, die wir fangen sollten, und, statt auf diese, lieber Jagd machten auf eine Thrakermagd in den Phelleusbüschen, oder auf eine kernige Acharnerin.

So beschloß ich denn in Gesellschaft meiner Freunde Kallias und Demos wieder einmal eine kleine Meerfahrt auf etliche Tage zu unternehmen. Wir hatten uns schon vor längerer Zeit eine schöngeschmückte, geräumige Lustbarke auf gemeinschaftliche Kosten erbauen lassen, die wir zuweilen auch zum Fischfange benützten. Diese Barke bestiegen wir und nahmen drei junge Jonierinnen mit uns, welche sich nebst ihrer Schönheit vortrefflich auf Musik und Gesang verstanden; ferner ein Paar Jagdhunde, nebst Fangnetzen und Wurfspießen, denn wir hatten die Absicht, längs der Küste hinzurudern, und hie und da auch ein wenig ans Land zu steigen, um zu jagen. Wir fuhren durch die Meerenge von Salamis. Die „Bacchantin", so hieß unsere Barke, tanzte lustig über die Wellen hin. Ihr buntbemaltes Vorderteil, welches in ein vergoldetes Panthertier auslief, auf welchem eine Bacchantin ritt, funkelte in der Sonne. Den Mast hatten wir wie einen Thyrsusstab mit Efeu und Blumen umwunden. Der Grund des Fahrzeuges war belegt mit Teppichen und bequemen Ruhekissen. Wir plauderten und scherzten und sangen; von den drei Schönen blies eine die Flöte, die andere spielte die Zither, die dritte schlug das Cymbal, so daß das Meer von Sang und Klang und heiterer Fröhlichkeit widerhallte, und wir die neugierigen Delphine mit Ruderschlägen auf die Köpfe vertreiben mußten, wenn wir nicht wollten, daß sie uns die Barke zerstießen oder umwarfen.

Am Strande hinfahrend, kamen wir an vielen Landhäusern vorüber. Vor einem derselben hielten wir ein wenig, um der Schönen, welche es bewohnt, ein Ständchen zu bringen. Wir sangen und musizierten. Die Schöne freute sich, als sie den Liederklang vom Meere herauf vernahm, und die schön bekränzten jungen Freunde erblickte. Lächelnd stand sie auf dem Söller des Hauses: wir warfen ihr Kränze hinauf und Kußhände. Nun ging es weiter in die See hinaus. Die Sonne brannte, aber wir wußten uns zu helfen. Wir spannten die Obergewande unserer Freundinnen und die eigenen gegen die Sonne über unseren Köpfen aus. Das gab ein schön bewimpelt und besegelt Fahrzeug, und der Widerschein des Purpurs in der See färbte die Wellen. Es schien, als müsse man jetzt und jetzt das helle, glockenreine Lachen einer Sirene vernehmen. Es waren gerade die halkyonischen Tage, während welcher Windstille herrscht und der Eisvogel brütet. Wir hatten die Enge von Salamis hinter uns und den megarischen Strand zur Rechten vor Augen. Hier begannen die Gestade einsam und einförmig zu werden, von Zeit zu Zeit drang zu uns der Klang einer Hirtenflöte von den Bergeshöhen herunter, und man sah Rinder-, Lämmer- und Ziegenherden grasen. Wir legten hie und da an und ergötzten uns auf mannigfache Weise. Wir fingen Fische mit Angeln, die wir von Felsen des Ufers an langen Fäden ins Meer hinuntersenkten, erbeuteten auch einige wilde Gänse, Enten und Trappen mit Schlingen.

Als wir eben wieder unser Schiff bestiegen hatten, um den Weg in der Richtung gegen Megara fortzusetzen, begegnete uns ein Lustfahrzeug, das dem unsern an Zierlichkeit und üppigem Schmucke nichts nachgab. In dieser Prachtbarke saß ein betagter Mann mit einem reizend schönen Mädchen an der Seite. Der Anblick dieses Mädchens entflammte mich. Aber allzuflüchtig war die Begegnung. Rasch glitten die beiden Fahrzeuge an einander vorüber; der megarische Lustfahrer bog unmittelbar darauf um einen Felsvorsprung und entschwand so unseren Blicken.

Wir stiegen wieder ans Land, an einer Stelle, die uns besonders anlockte. Es gab da einiges Gehölz, welches unsere Hunde sogleich durchstöberten. Nach wenigen Minuten scheuchten sie einen Hasen auf, wir griffen nach unsern Fangnetzen und Wurfspießen, und in der Hoffnung, das Tier zu erbeuten, folgten wir demselben und ließen unsere Freundinnen zurück in der Nähe des Fahrzeugs. Der Hase wurde durch die Hunde vom Walde weg in die Felder und Weidetriften gescheucht; indem aber jene mit heftigem Gebell über die Triften und Felder jagten, brachten sie das Volk der Hirten und die Herden selber in Aufruhr. Einem Ziegenhirten aber geschah es, daß seine Herde vor den mitten durch sie hinstürmenden Hunden auseinanderstob, und die erschreckten Ziegen sich einzeln bis ans Meer herunter verliefen. Erzürnt über diese Zerstreuung seines Weideviehes, griff der Wicht nach einem spitzen Steine, der ihm gerade vor Augen lag, warf ihn nach einem der Hunde, und verwundete denselben tödlich am Haupte. Es war der treue Phylax, ausgestattet mit allen Eigenschaften eines vortrefflichen Fängers.

Als wir den Vorgang aus der Ferne wahrgenommen, ließen wir den Hasen, und eilten zornglühend auf den Ziegenhirten los. Dieser aber hatte inzwischen andere Hirten zu seinem Schutze herbeigerufen, und wir sahen uns, als wir hinkamen, einer drohenden Schar gegenüber. Wir machten jedoch Miene, mit unseren Wurfspießen auf sie loszugehen. In diesem Augenblicke kam aus einem nahe gelegenen Landhause ein Sklave herbeigerannt, welcher im Namen seines Herrn erkunden wollte, was dieser Aufruhr bedeute. Als wir aus den Reden des Sklaven entnommen, daß der Ziegenhirt im Dienste des Herrn jenes Landhauses stehe, verlangten wir mit diesem selbst zu sprechen, um Genugtuung für das verwundete Tier von ihm zu erhalten. Wir folgten dem Sklaven, und als wir uns dem Landhause näherten, welches ein stattliches Ansehen hatte und als der Besitz eines begüterten Mannes sich darstellte, erstaunten wir nicht wenig, in einem neben dem Hause gelegenen Garten eben jenen Greis und jenes reizende Kind lustwandeln zu sehen, welchen wir kurz vorher auf dem Meere begegnet waren. Wir erzählten dem Manne den Vorfall und sagten, daß wir Rache an dem Hirten zu nehmen gedächten. Der Alte, als ein Megarer und Feind der Athener, antwortete mit unfreundlichen Worten. Die Hirten, von welchen ein großer Teil uns auf dem Fuße gefolgt war, klagten mit heftigem Geschrei uns der Verwüstung ihrer Gefilde, der Zerstreuung ihrer Herden an. Vereinigt mit den Sklaven des Hauses, welche durch Winke ihres Herrn ermuntert worden waren, zwangen sie uns, unter Schmähreden gegen die übermütigen Athener auf uns eindringend, vor ihrer Überzahl ohne erlangte Genugtuung vom Platze zu weichen.

Wie sehr auch der Vorgang mich aufregte, hatte ich doch nicht versäumt, einige Blicke nach der jugendlichen Schönen zu werfen, welche vom Garten aus den Streit nicht ohne ein Gemisch von Neugier und Schrecken mit angesehen hatte. Zurückgekehrt mit meinen Genossen, gab ich diesen sogleich zu wissen, welchen Entschluß ich schon gefaßt hatte, mich an dem nichtswürdigen Megarer zu rächen. Das schöne Kind hielt ich für eine gekaufte Lieblingssklavin. Mein Anschlag war, mich mit den Genossen eine Zeit lang in der Nähe verborgen zu halten und den Augenblick zu erlauern, wo das Landhaus unbewacht wäre und das Mädchen allein im Gartengehege verweilte, dann uns rasch auf sie zu werfen und sie zu entführen.

Früher als wir gehofft, fand sich die erwünschte Gelegenheit. Bevor der zweite Tag noch verstrichen, hatten wir das Mädchen erspäht, ergriffen, durch eine um den Mund geschlungene Binde am Schreien verhindert, und in fliegender Hast auf das unter Felsgeklipp verborgene Schiff hinabgebracht.

Im Schutz der eingebrochenen Dämmerung entflohen wir, die holde Beute an Bord, mit eiligem Ruderschlag den megarischen Küsten."

„Und das Mädchen?" fragte Aspasia.

„Fand sich in sein Los", erwiderte Alkibiades, „obgleich es nicht, wie wir gedacht, eine erkaufte Lieblingssklavin war, sondern eine Freigeborne, die Nichte jenes verwünschten Megarers. Simaitha ist ihr Name und ich nenne sie die reizendste der hellenischen – nicht der hellenischen Frauen, aber doch gewiß die reizendste der hellenischen *Jungfrauen*!"

Megara! Das Wort hatte einen eigenen Klang für das Ohr Aspasias. Mit unverkennbaren Zeichen des Anteils hatte sie die Erzählung des verwegenen Jünglings angehört.

Sie erkundigte sich nach den Eigenschaften des Mädchens mit vielen Fragen. Alkibiades entwarf eine fast schwärmerische Schilderung von ihr.

Aspasia verlangte Simaitha zu sehen. Gern fand der Entführer sich bereit, ihrem Wunsche zu willfahren. Er brachte

Simaitha zu ihr. Das Mädchen war von außerordentlicher Schönheit, so daß Aspasia selbst erstaunte. Aber das Wesen derselben glich einem ungeschliffenen Edelsteine – war sie doch in Megara erzogen worden! Es war Zeit gewesen, daß sie entführt wurde, wenn nicht diese Perle in der Verborgenheit glanzlos untergehen sollte.

Der reiche Megarer hatte sie als zartes Kind in sein Haus aufgenommen. Er hatte sie besser gehalten als eine Sklavin, aber auch nicht wie eine Tochter.

Er schien, im Hinblick auf ihre vielversprechende Schönheit, sie nur zum willenlosen Werkzeug seines Vergnügens erziehen zu wollen. In keiner Weise glich der alte Megarer jenem herrlichen Greise von Milet, jenem Philammon, welchen Aspasia in der Erzählung ihrer Jugendgeschichte dem Perikles mit solcher Wärme gepriesen. Simaitha haßte ihn, und erklärte, daß sie lieber sich töten, als jemals wieder in das Haus des Erziehers zurückkehren würde.

Aspasias durchdringender Blick erspähte die Keime weiblicher Vorzüge höchsten Ranges in dem Wesen des Mädchens, welches das fünfzehnte Lebensjahr kaum überschritten hatte. Aus seinen Augen leuchtete ebenso viel Geist, als Schönheit aus seinen Zügen. Aspasia brannte vor Begier, diese herrlichen Keime zu entwickeln. Rasch war ihr Entschluß gefaßt. Sie sagte dem Alkibiades:

„Das Mädchen ist dein: nicht sowohl durch den Raub, den du verübt, als durch seinen eigenen festen Entschluß, nicht mehr in das Haus des Megarers zurückzukehren. Aber du bist seiner noch nicht wert. Für Knaben deiner Art sind edlere Mädchenblüten, ja selbst das zimperliche Töchterlein des Hipponikos viel zu gut. Weiber vom Schlage Theodotas sind vorhanden für dich und deinesgleichen: an diesen möget ihr euch, sozusagen, die Hörner eures Übermuts ablaufen. Im Übrigen würdest du des Besitzes Simaithas, wie sie nun ist, nur halb dich erfreuen. Bald würdest du ihrer überdrüssig werden, denn unentwickelt liegen in ihr noch die Keime jener Eigenschaften, welche nötig sind, wenn der Überdruß nicht zuletzt die Herrschaft über die Liebe erlangen soll. Überlaß mir das Kind auf einige Zeit. Hinterlege bei mir den Schatz, den du erbeutet, lege gleichsam auf Zinsen deinen Besitz: du wirst ihn, wenn die Zeit um ist, verzehnfacht an Wert aus meinen Händen zurückempfangen."

Alkibiades war allzu jung und allzu flatterhaft, als daß es ihm hätte schwer fallen sollen, das erbeutete Mädchen für einige Zeit aus seinem Hause in das Aspasias auszuliefern.

„Ich bin bereit", sagte er, „meinen kostbaren Schatz bei dir auf Zinsen zu legen. Ich weiß zum voraus, daß diese Zinsen mich reichlich entschädigen werden für die kurze Entsagung, die ja auch nicht eine völlige sein wird, da du mir ohne Zweifel gestattest, das schöne Kind in deinem Hause zu sehen."

„Warum nicht?" erwiderte Aspasia; „du magst ein beständiger Zeuge ihrer Fortschritte sein."

Simaitha wurde zu Aspasia gebracht. Perikles hatte zuerst seine Einwilligung verweigert; aber seiner Seele war eine wundersame Milde eingepflanzt, und auf das immer wiederholte Andringen Aspasias machte er zuletzt das verlangte Zugeständnis, knüpfte es jedoch an die Bedingung, daß der Aufenthalt des Mädchens in seinem Hause nur so lange währe, bis über die Auslieferung oder Nichtauslieferung desselben bestimmt entschieden sein würde. Wären die Megarer nicht so sehr zu Athen verhaßt gewesen, man hätte die Nachgiebigkeit des Perikles, welcher aus Liebe zu Aspasia dem Mädchen eine Freistätte in seinem Hause gewährte, ohne Zweifel schärfer beurteilt, als es in der Tat geschah.

Man hatte schon vor längerer Zeit angefangen, zu Athen von einer Schule der Aspasia zu sprechen, und mehr als je war von jetzt an dieser Name gerechtfertigt.

Es gab nun in der Tat nicht weniger als vier, in erster Jugendblüte stehende Mädchen, welche im Hause Aspasias unter der unmittelbaren Zucht der Milesierin lebten. Den schon längere Zeit bei ihr weilenden milesischen Nichten und der von der elischen Reise mitgebrachten arkadischen Kora hatte jetzt das Mädchen aus Megara sich angereiht.

Völlig entsprechend war der Name einer Schule den innersten Absichten Aspasias. Ihre persönlichen Bemühungen, das Frauentum zu Athen veredelnd und befreiend umzugestalten, waren von zweifelhaftem Erfolge gewesen. Der lebendige Drang ihrer Seele aber gönnte ihr nicht Ruhe. Sie glaubte sich überzeugt zu haben, daß es ein vergebliches Bemühen sei, das gereifte, fertige Weib umformen zu wollen. Im zarten Jugendalter, meinte sie, müsse die Einwirkung beginnen.

Nicht Hetären wollte sie erziehen, sondern Kämpferinnen und Helferinnen, welche durch Geist und Schönheit, in ähnlicher Art wie sie selbst, Einfluß zu erringen geeignet wären. In der Schule, welche sie gründete, sollte ihre Überlieferung lebendig erhalten, und von da aus weiter verbreitet werden. Durch ein Wirken vereinigter Kräfte in ihrem Sinne sollten endlich die Vorurteile erschüttert, der Sieg des Geistes, der Schönheit und der Weiblichkeit völlig entschieden werden.

Nicht im Vordergrunde stehend, aber doch auch nicht fremd war der hochstrebenden, kühl berechnenden Milesierin der Gedanke an etliche Vorteile, welche in anderer Hinsicht dieser ihrer Schule entsprießen konnten. Ihre Schülerinnen konnten, der Meisterin gleich, mächtige und hervorragende Männer zu Gatten gewinnen, die perikleische Herrschaft sichern und befestigen helfen, und durch ihren Einfluß das Aufstreben seiner Gegner bekämpfen.

Trug die Gattin des Perikles kein Bedenken, eine Anzahl jugendlich reizender Mädchen unter den Augen ihres Gatten bei sich zu versammeln? Erhaben war diese stolze, kühne, nach lebendiger Wirkung strebende Seele über feige Rücksichten und kleinliche Gefühle; nicht war sie, wie ein gewöhnlich Weib, zufrieden mit persönlichen Erfolgen, sondern für einen großen Gedanken lebte und wirkte sie. Und sie wußte, daß Aphrodites Gürtel noch immer in ihrer Gewalt war, daß er in ihrer Hand noch nichts von seinem Zauber eingebüßt. Sie wußte, daß sie noch lange die Meisterin unter ihren Schülerinnen bleiben werde, und daß diese erst *werden* müßten, was sie *war.* Und was den Perikles betraf, so hatte sie die Überzeugung, daß nichts in der Welt die Kraft des Bannes brechen oder mindern würde, mit welchem sie sein Herz bestrickt hatte, und der durch die Gewöhnung nur immer fester geworden.

Eine Laune der Natur hatte Aspasia die Freuden der Mutterschaft versagt. Sie ertrug es ohne Klage. War es ihr nicht vergönnt, weibliche Sprossen ihres Leibes zu ihren Ebenbildern heranzuziehen, so führte ihr das Schicksal in jenen vielverheißenden Mädchenblüten einen Ersatz entgegen, an welchem sie nach Herzenslust die Zauberkraft ihrer bildenden Meisterhand erproben konnte.

Die Musen und die Charitinnen schienen vom Olymp herabzusteigen und sich gleichsam als Lehrmeisterinnen in der Schule Aspasias zu verdingen. Da wurde die hohe Lehre gedeutet, wie die Natur zur edlen Kunst geläutert, und die Kunst wieder Natur werden müsse. Da wurde die Einheit alles Schönen begriffen und verwirklicht: da wurde die Musik zum Tanz der Seelen, und der Tanz eine Musik der Glieder – da wurde die Schönheit Poesie und die Poesie Schönheitszauber.

Aspasias Bemühen war, in ihren Schülerinnen durch die Schönheit und um der Schönheit willen den Geist zu erwecken und den erweckten zu befreien.

Als geisterweckend aber diente ihr nicht bloß jede Art von Kunst, auch manches von Weisheit, von Erkenntnis, von der Ausbeute des Wissens, wurde wie befruchtender Samenstaub auf den Flügeln der Eroten in die Schule Aspasias getragen. Ausgeschlossen war nur das Ernste, das Strenge, das Düstere. Heiterkeit blieb verkündet als der Schönheit und des Lebens oberstes Gesetz.

Was Aspasia ihren Schülerinnen vor allem lehrte, war dies, wie töricht es wäre, allen Erfolg von ihren Reizen zu erwarten. Sie zeigte ihnen, daß diese noch lange nicht für sich allein das *Liebenswürdige* seien. Sie sagte ihnen, Schönheit sei eine Tugend und müsse wie jede andere erlernt, geübt und ausgebildet werden. Sie machte ihnen klar, daß auch nur der Geist die Würze sei, welcher, der Schönheit beigemischt, sie frisch erhalte. „Eine blöde Schönheit altert schnell," sagte sie, „und bald verwelkt auch der Reiz, den die Gemeinheit wie ein trüber Sumpf umgibt. Nichts zerstört so rasch die Blüte, als ein stumpfsinnig Hinleben in geistloser Alltäglichkeit. Schön sein, sagte sie, ist kein Zustand, sondern ein Tun, ein Wirken. Schönheit ist die höchste Wirksamkeit und ihr Tun beruht auf der Zusammenstimmung aller edelsten Wirksamkeiten – auf einer anmutigen und harmonischen Regsamkeit des Leibes und der Seele. Sie ist kein totes Schaustück, kein regungsloses Licht, sondern wie das Sonnenrad, ein lebendiges Strahlenspiel, ein Funkensprühen."

„Man kann sich die Schönheit nicht unmittelbar geben," pflegte sie auch zu sagen, „aber man kann überall das Häßliche ersticken, dämpfen, mildern. Nicht allzuoft könnt ihr einen Blick in den Spiegel werfen: nicht um zu sehen, wie schön ihr seid, sondern um euch auf der Häßlichkeit zu ertappen. Nur so werdet ihr erfahren, daß niemand immer schön, und niemand immer häßlich ist – daß die Blüte jeder Schönheit wohl hundert mal in des Tages Lauf Gestalt und Farbe wechselt, daß sie, sich selbst überlassen, halt- und bestandlos schwankt, daß eine Schönheit, welche, ihrer selbst sicher, die Hand in den Schoß legen darf, ein Traum der Törinnen, und daß schön zu sein eine schwere Kunst ist auch für die Schönsten. Lasset in keiner Gestalt das Häßliche an euch kommen! Zahllos sind seine Gestalten, seine Verkleidungen. Das Häßliche ist ein Dämon, mit welchem wir alle Tage ringen müssen, wenn er uns nicht schleichend überwältigen soll. Am öftesten aber wendet er vom Hinterhalt der *Seele* aus gegen des Leibes Blüte seine tödliche Waffe."

Aber nicht mit ermahnenden Worten bloß, auch tätig unterstützte Aspasia ihre Schülerinnen im Kampfe gegen jenen tückisch bedrohlichen Dämon. Sie war hinter den Keimen und Spuren jeder Häßlichkeit her, gleich dem Häscher hinter dem Diebe. Wie Meister der Schule einen Stab oder eine Rute, so trug sie einen kleinen Silberspiegel in der Hand und hielt ihn der Schuldigen vor, in welcher ein Funke leiblicher oder seelischer Häßlichkeit aufblitzte. So lehrte sie jene Mädchenblüten Selbstbeherrschung, Unterdrückung jeder entstellenden Laune und Leidenschaft, Ruhe, Heiterkeit, edles Gleichmaß des Leibes und der Seele.

Von den beiden Nichten Aspasias entwickelte die eine, Drosis, eine glänzende Naturanlage für den mimischen Tanz, Prasina dagegen glänzte vornehmlich durch Fertigkeit in Gesang und Saitenspiel. Aber Aspasia litt nicht, daß die eine oder die andere sich etwa ganz auf die Ausbildung einer solchen einseitigen Fertigkeit legte. Sie verlangte von jeder, daß sie nicht durch eine bestimmte Kunstausübung, sondern durch eine harmonisch entwickelte Persönlichkeit zu gefallen suche. „Einseitige Kunstausübung“, sagte sie, „veranlaßt immer eine Vernachlässigung der Persönlichkeit selbst und ihrer harmonischen Ausbildung.“

Drosis war von Natur bezaubernd durch ihre Anmut. Ihre Gestalt war schlank und zierlich, so ätherisch leicht und schwebend, daß sie, einer Nymphe gleich, keinen Halm und keine Blume im Hinwandeln über das Gefilde knicken zu können schien. Ihre Glieder waren von jener Schlankheit, von jener jugendlichen Feinheit und anmutigen Zartheit, welche die Sinne noch weit mehr berückt als plumpe Üppigkeit.

Prasina war ihr ähnlich an Schönheit, aber sie hatte den Vorzug der hellen Silberstimme voraus, mit welcher sie, die Lieder Sapphos zur Laute singend, jedes Ohr entzückte. Gibt es überhaupt etwas Süßeres, als den jungfräulichen Klang einer sechzehnjährigen Mädchenstimme? Prasinas Stimme übertraf an Lieblichkeit, Schmelz und süßem Feuer die Nachtigallstimmen der Kephissostäler.

Aber die reizende Drosis, die feurige Prasina, sie wurden bald überflügelt durch die herrlich sich entfaltende Blüte Simaithas. In Simaithas Gestalt, in ihren Zügen fand der edelste hellenische Formenzauber in reinster Verkörperung sich ausgeprägt. Züge von dieser wunderbaren Reinheit der Linien hatten selbst die Meister der Bildkunst kaum geträumt. Sie besaß jene unbeschreibliche Klarheit, jene glanzvolle und doch etwas träumerisch angehauchte Frische des Auges, welche zuweilen bei Mädchen in zarter Jugendblüte mit hinreißender Wirkung hervortritt. Aber wie an Wohlgestalt, so stand auch an Geist und Seele Simaitha der Meisterin Aspasia am nächsten. Innig verwandt erschien sie ihr durch die ganze sich entwickelnde Art des Denkens und Empfindens. Nicht weniger als die Milesierin versprach sie eine Verkörperung des echten sinnenfreudigen und schönheitseligen Hellenengeistes zu werden. Mit glühender Begeisterung erfaßte sie die Gedanken Aspasias. Sie übertraf an hellem Verstande bei weitem ihre Gespielinnen. Sie liebte die Künste, und für die Bildkunst schien sie das unvergleichlich sinnige und verständnisvolle Auge Aspasias zu besitzen. Auch darin glich sie ihrer Meisterin, daß sie auf keine einzelne persönliche Kunstbefähigung Gewicht legte, sondern alle Fähigkeiten in schöner Harmonie entwickelte. So war sie denn die Perle der Schule der Milesierin, welche fast mit der Zärtlichkeit einer Mutter sie liebte und ihre schönsten Hoffnungen auf sie setzte.

Und Kora, das Mädchen aus Arkadien? Es war schwer zu sagen, ob man sie zur Schule Aspasias rechnen durfte. Als Aspasia sie ihrer arkadischen Heimat entführt hatte, reizte sie eben die Sprödigkeit des Stoffes, ihre bildende und erziehende Kunst daran zu versuchen. Aber die Sprödigkeit des Stoffes erschien bald größer noch als die Meisterschaft der bildenden Kunst Aspasias. Kora diente den Gespielinnen zum Gespött und man erniedrigte sie fast zur Dienerin. Aber das Mädchen aus Arkadien hatte doch auch etwas in seinem Wesen, was es nicht ganz zur Sklavin herabsinken ließ. Nicht reizend war sie, nicht von edler Wohlgestalt, auch nicht heiteren Geistes, sondern ernst und nachdenklich, und was sie Eigentümliches in ihrem Wesen nach Athen mit sich gebracht, das blieb unverändert. Aber sie überraschte durch Blitze und Funken des Geistes und des Gemütes, welche immer etwas Ursprüngliches und Ungewöhnliches hatten, und dadurch einen Anteil besonderer

Art für sie erweckten. Wie ein Wesen erschien sie aus einer fremden, bis jetzt noch unbekannten Welt.

Aspasia fand es geraten, ihre Zöglinge, der athenischen Sitte zuwider und ihres jugendlichen Alters ungeachtet, in den freien bildenden Verkehr mit der Welt und den Menschen zu bringen. Nach wie vor besuchten ihr Haus Männer von hervorragendem Geiste, durch deren Gespräche die Seelen der Mädchen frühzeitig über die dumpfe Alltäglichkeit erhoben werden konnten. Aber auch weibliche Besuche waren nicht ausgeschlossen. Wer von jenen hervorragenden Männern eine schöne Freundin in diesen Kreis einführen wollte, dem war es gern gewährt. Unter denjenigen, welche von dieser Freiheit Gebrauch machten, befand sich der junge Bildhauer und Architekt Kallimachos, welcher ein verwaistes, durch Schönheit ausgezeichnetes junges Mädchen, Philandra mit Namen, von Korinth nach Athen gebracht hatte. Er liebte das Mädchen zärtlich und schien entschlossen, es zu seiner Gattin zu machen. Aber von ärmlicher Herkunft und noch im zarten Alter stehend, entbehrte Philandra einer des Freundes würdigen Bildung. Wie konnte ihr diese besser zu Teil werden, als durch den Verkehr mit dem Kreise Aspasias? Diese verschmähte es durchaus nicht, den Kreis ihrer Schule über den Bann ihres Hauses hinaus zu erweitern.

Philandra war eine Schönheit von edlen Formen der Glieder. Sie verriet eine leidenschaftliche, heftige Natur und erschien ihres stattlichen Ansehens wegen reifer als sie war.

So hatte sich denn, man mochte sagen ein weiblicher Olymp in dem Hause Aspasias zusammengefunden. Der junge Alkibiades pflegte die Mädchen nach den Göttinnen zu benennen, welchen sie am ähnlichsten waren. Künstler begeisterten sich in diesem Olymp zu schönen Gebilden,

Dichter zu anmutigen Gesängen. Aber der Übermut und alles Unedle blieb verbannt aus diesem Kreise. Aspasias Blick wußte selbst den kühnen sprudelnden Alkibiades im Zaume zu halten, und immer behielt die Priesterin der Schönheit auch die Zügel des edlen Maßes in der Hand. Eingedenk blieb Aspasia immer, was sie der Ehre des Hauses ihres Gatten schuldig sei. Und zu verhüten wußte sie, daß in Betreff der Schule, die sie um sich versammelt hatte, die Bedenken ihres Gatten nicht bis zur Entfremdung, nicht bis zum Zerwürfnis fort sich steigerten.

Eines Tages lud der junge Alkibiades Aspasia und ihre Mädchen zu einer Meerfahrt auf sein Lustfahrzeug. Aspasia nahm die Einladung des Jünglings an, unter der Bedingung, daß er darauf verzichte, einen seiner übermütigen Altersgenossen mit sich zu nehmen.

An einem Sommermorgen voll leuchtender Frische bestieg Aspasia mit Drosis, Prasina, Simaitha und Kora das Schiff des jungen Alkibiades. Ihnen schloß noch Kallimachos mit Philandra sich an, und im Geleite Philandras eine Freundin derselben, Pasikompsa mit Namen, welche, gleich Philandra selbst, bei Aspasia eingeführt und von dieser würdig erachtet war, eine Gespielin ihrer Schülerinnen abzugeben. Außer diesen Genannten und einigen Rudersklaven befand sich niemand auf dem Schiffe.

Man fuhr den Strand entlang und gelangte bald in die schöne Bucht von Salamis. Zur Linken hatte man die grüne, im Taue des Morgens funkelnde Insel, zur Rechten das attische Gestade, an welches die ägaleischen Hügel herantraten.

Nichts vermag die Seele lieblicher und harmonischer anzuregen, als das Vergnügen einer Kahnfahrt über einen sonnigen blauen Meeresgolf. Kein herrlicheres Meeresblau aber gibt es, als das der Bucht von Salamis. So fühlte denn auch die Gesellschaft auf dem Schiffe des Alkibiades sich von des Meeres und der Freude Wellen anmutig geschaukelt. Über den Häuptern das Blau des Äthers, unter sich das ätherische Blau des Meeres, schwammen sie gleichsam zwischen zwei Himmeln, sich wiegend in einem selgen Blau. Ob das des Äthers lieblicher, oder das des Meeres, wußten sie nicht zu sagen, noch fragten sie darnach: sie sahen nur, daß zuweilen die Vögel auf einen Augenblick aus dem Ätherblau herab in das des Meeres tauchten, wie um seinen Reiz zu verkosten, die Fische dagegen aus ihrem Meeresblau zuweilen für einen Moment lustig emporschnellten ins Ätherblau, wie um einen flüchtigen Wonnetrunk daraus zu tun.

Die Gesellschaft auf dem Schiffe des Alkibiades glich diesen munteren, am Reize des Meeres und des Äthers sich erquickenden Fischen und Vögeln. Sie sogen alles Wonnige in sich, und machten sich dabei so wenig Gedanken, als die Vögel und die Fische. Die jugendlich reizenden Gespielinnen Aspasias sahen vom Schiffsrand in die schöne Meereswelle hinunter, aber nur um ihre lieblichen Gesichter darin zu spiegeln. Nur Kora sah, wenn sie in die Flut hinunterblickte, nicht ihr Gesicht, sondern das Meer selbst. In ihrem Gemüte allein wurde der Meereszauber lebendig und seiner selbst bewußt.

Die anderen Mädchen spiegelten sich im Meere, das Meer aber spiegelte sich in Kora.

Fast bis zum Schrecken stieg in ihrem Gemüte der Eindruck. Denn sie begann zuletzt mit einer Art von Angst in den Zügen nach dem Meeresgrunde hinunter zu horchen. Und als man sie lächelnd fragte, ob sie etwa die Stimmen lockender Sirenen aus der Tiefe herauf vernehme, so bejahte sie dies, und das helle Gelächter ihrer Gespielinnen klang auf ihre Kosten weithin übers Meer.

Vielleicht angelockt von der Musik dieser Stimmen, begleitete die Lustfahrer ein Delphin, der ganz auf der äußersten Oberfläche der Wellen dahinglitt. Ein Vögelchen, das sich zu weit vom Lande ins Meer hinaus verirrt hatte, setzte sich einen Augenblick, wie um zu rasten, auf den Rücken desselben, ohne daß er es merkte.

Gerade als das silberstimmige Lachen über Kora wieder auf dem Fahrzeuge des Alkibiades erklang, kam an der Lustbarke ein großes Kauffahrerschiff vorbei. Da der Kauffahrer an der Barke ganz nahe vorüberfuhr, so konnte die Bemannung desselben und die Gesellschaft in der Barke des Alkibiades mit Blicken sich mustern. Die Männer auf dem Kauffahrer hatten ein rauhes, wildes Ansehen und blickten aus buschigen Brauen finster, fast bedrohlich wie Habichte auf die Taubenschar im Schiffe des Alkibiades herüber. Da aber der Kauffahrer weit schneller ruderte, ließ er bald die Barke hinter sich, und die muntere Gesellschaft achtete auf ihn nicht weiter. Ein Megarerfahrzeug wollte Kallimachos in demselben erkannt haben.

In einer kleinen Bucht wurde angehalten, und man beschloß zu landen, um sich da eine Zeit lang auf dem lieblich anlockenden Gestade zu vergnügen. Es war eben die Stelle, wo man den Felsenstuhl des Perserkönigs Xerxes zeigt, auf einem gegen das Meer hin abfallenden Hange der ägaleischen Berge, jenen Felsenstuhl, den der große König, als er seine Flotte hier zur Entscheidungsschlacht entfaltete, an erhöhter Uferstelle einnahm, und von welchem aus er erst mit stolzer Siegeszuversicht, und dann mit wachsendem Grausen dem salaminischen Schlachtgewitter zusah.

Kallimachos und Alkibiades geleiteten Aspasia und die Mädchen hinauf zu diesem Felsensitze, und Alkibiades forderte Aspasia auf, sich als die Würdigste auf demselben niederzulassen. Aspasia folgte der Aufforderung. Kallimachos nahm an ihrer Seite Platz. Die Mädchen mit Alkibiades blieben in anmutiger Gruppe um sie gelagert.

Büschel von Meergras und Myrthengesträuch voll dunkler und heller Beeren sproßten zwischen den Klippen.

Es lag ein wunderbarer Friede über das sonnige Land und das flimmernde Meer ausgebreitet. Doppelt lieblich erschien von dieser erhöhten Stelle aus gesehen das gegenüber liegende Salamis. Zwischen der Insel und dem Festlandufer blaute das regungslose Meer. Silberhelle und glitzernde Streifen durchfurchten hie und da das tiefe Blau wie schimmernde Brücken. Kein Laut in der ganzen Weite, als das leise Rauschen und Knirschen der breiten, in gleichmäßigem Rhythmus langsam heranziehenden und wieder zurückweichenden Wellen drunten im Ufersande, und von Zeit zu Zeit das Gekreisch einer Möwe, welche den Klippenstrand umschwirrte.

„Bei allen Meeresnymphen!" sagte Alkibiades, „es ist hier so friedlich, so idyllisch-still, wie am sikelischen Meergestade. Man meint, es müsse hier in der Nähe irgendwo der verliebte Kyklop Polyphemos sitzen, aufs Meer hinausstarrend, wo das Bild der Galathea in der Flut sich spiegelt, indem sie darüber hinwegwandelt. Des plumpen Schäfers Hund rennt bellend an den Strand hinab ihr entgegen, die Nymphe aber bespritzt lachend den Liebesboten mit einer rollenden Schaumwoge, so daß er winselnd wiederum zurückläuft ..."

In der Tat, es herrschte eine wonnige Stille, von welcher man nicht glauben konnte, daß sie jemals unterbrochen worden sei, noch daß sie jemals unterbrochen werden könne. Aspasia warf von ihrem Felsensitze aus einen Blick hinüber nach den Bergen des Peloponnesos.

„Wenn es möglich ist", sagte sie, „alles widerwärtig Düstere, was ich jenseits der Berge dort gesehen und erlebt, aus meiner Seele hinwegzuspülen, so ist es in dieser Stunde möglich. Zu lichtvoll ist das Meer an diesem Gestade und der Äther darüber, als daß hier das Düstere jemals wie dort drüben zum Siege gelangen könnte. Ich fordere dich mutig heraus zum Kampfe, rauher Peloponnesos!"

„Ich mit dir!" rief Alkibiades und ballte die Faust gegen die Berge von Argolis.

„Wir alle!" riefen lachend die Mädchen.

In diesem Augenblicke fiel Aspasias Blick, rechtshin schweifend, auf das Megarerfahrzeug. Es erschien jetzt klein in der Entfernung. Es schien still zu stehen. Aspasias stolzer, beinahe verachtender Blick glitt rasch wieder davon ab. In ihren Augen blitzte jetzt etwas von jenem Übermute, der das Herz des Perserkönigs erfüllte, als er auf diesen Felsenstuhl sich niederließ.

Ein Sklave brachte auf den Wink des Alkibiades einen Schlauch mit köstlicher Labung, und bald erklangen die Becher und ein hellstimmiger Rundgesang dazu. Reizvoll klang das Freudenlied in der schönen Meereseinsamkeit, und weithin widerhallte die friedliche Seebucht.

Getrieben von dionysischem Geiste, zerstreuten sich die Mädchen teils am muschelreichen Strande, teils auf den Hängen, wo zwischen dem Gestein duftige Kräuter wuchsen. Gaukelnden Faltern waren sie zu vergleichen, geneckt, gehascht von Alkibiades.

Bald liefen sie mit hellem Ausruf zusammen um ein totes Meergetier, einen Polypen etwa, oder einen Delphin, der früher, die Salzflut durchjagend, die Meeresbrut in Schrecken gesetzt und des Nereus Töchter auf seinem Rücken getragen, und den eine schäumende Woge im Sturm ans Felsengestade geworfen. Dann wieder saßen sie, und Alkibiades erzählte den Aufhorchenden wunderliche Jagdgeschichten: etwa wie er kürzlich einmal am Meergestade einen großen Polypen und einen Hasen zugleich erbeutete, indem er angelnd den Polypen aus dem Gewässer ans Land schleuderte, dieser aber auf einen Hasen fiel, der im Meergrase schlummernd versteckt lag und der sofort von den hundert Armen des Polypen umstrickt ward.

Inzwischen unterredete sich Kallimachos mit Aspasia.

Aspasia brachte die Rede auf Alkamenes und rühmte den Flug seiner gestaltenden Phantasie.

„Du tust wohl," sagte sie, „daß du Freundschaft hältst mit diesem Manne, und mich dünkt, daß eine gewisse Seelenverwandtschaft euch zusammengeführt hat. Denn, so wie ihn, scheint auch dich ein gewisser Drang zu beseelen, die Kunst auf neue Bahnen zu lenken."

Aspasia spielte mit diesen Worten darauf an, daß dem Kallimachos der Meißel schon nicht mehr genügte, daß er mehr mit dem Bohrer als mit dem Meißel arbeitete, und die Einzelheiten seiner Werke mit einem so wunderbaren Fleiße, einer so glänzenden Kunstfertigkeit ausführte, wie man es vor ihm nicht gesehen.

„Wenn man mir zugesteht", sagte Kallimachos, „die Bildkunst durch fleißige Anwendung des Bohrers weiter gefördert zu haben, so möchte ich mich auch der verschwisterten Baukunst nützlich erweisen. Schon lange beschäftigt mich eine Sache, die, wie es scheint, sehr leicht und einfach ist, in der Tat aber – du wirst lächeln, wenn du es hörst – mir durchaus nicht gelingen will. Die fortschreitende Kunst scheint mir für unsere Säule einen reicheren Schmuck zu fordern. Die jonische Schnecke ist das Äußerste, wozu wir es gebracht haben. Damit begnügen wir uns seit Jahrhunderten. Liegt es nicht nahe, mit einem kühnen Griffe sich darüber hinauszuwagen?"

„Im Morgenlande", versetzte Aspasia, „sah ich Blätter-

und Blumenformen mit feiner Phantasie zum Schmuck der Kapitäler verwendet. Wir sind schüchtern, wie du mit Recht bemerkst. Warum wagst du nicht, was du doch für nötig hältst?"

„Wirst du es glauben," erwiderte Kallimachos, „daß nun schon seit Jahren um dieser Sache willen mein Gehirn sich zermartert? Hundert Formen habe ich ausgesonnen, keine hat bisher mir ganz genügt!"

„Warum willst du die neue Form ersinnen und erklügeln und ganz aus dir selber schöpfen?" fragte Aspasia. „Die Natur ist eine große Lehrmeisterin, ihr muß der Baumeister wie der Bildner sein Bestes ablauschen. Halte die Augen offen, und was du suchst, wird dir begegnen. Du brauchst es dann nur recht zu erfassen und mit klugem Sinne völlig auszugestalten."

In diesem Augenblicke wurden Kallimachos und Aspasia durch die herbeikommenden Mädchen unterbrochen, welche erzählten, daß sie an einer verborgenen lieblichen Stelle des Felsufers ein kleines Grabdenkmal entdeckt hätten. Sie wünschten es Aspasia zu zeigen.

Aspasia und Kallimachos folgten der Aufforderung, und ließen von den Mädchen sich an die Stelle führen, wo das kleine Denkmal sich befand. Es lag zwischen den Uferfelsen verborgen und war durch überhängendes Gestein beinahe verdeckt. Aus einem einfachen schmalen Steine bestand es, auf welchem eine kurze Inschrift eingegraben war. Über der Steinplatte stand ein zierlicher Korb, gefüllt mit welken Blumen und Kränzen. Aspasia versuchte die Inschrift zu lesen, und entzifferte halb einen Mädchennamen, aber es fiel ihr schwer, denn reichlich sprossender Akanthus hatte mit seinem großen edelgeformten Laube nicht bloß den Denkstein selbst schon fast überwuchert, sondern rankte auch an dem Korbe sich empor. Bedeutsam stach sein frisches, lebendiges Grün gegen die traurigwelken Blumen ab, welche in dem Korbe lagen.

Aspasia und die Mädchen sprachen ihre Verwunderung aus, an dieser Stelle ein Grabdenkmal zu finden. Kallimachos aber sagte:

„Mir war das Vorhandensein dieses kleinen Denkmals kein Geheimnis."

Als hierauf die Mädchen neugierig nach dem Ursprunge desselben forschten, erwiderte Kallimachos:

„Derjenige, welcher dies Denkmal mit dem Korbe hier stiftete, war mein Freund, und ich bin einer der wenigen, welchen er die Geschichte desselben anvertraute."

„Der Freund, von welchem ich spreche", fuhr er fort, „war ein trefflicher athenischer Jüngling und betrieb die Bemalung von Gefäßen und Graburnen mit großer Tüchtigkeit zum Erwerbe seines Unterhalts. Während er zu Korinth verweilt, begegnet seinem Auge das reizendste Blumenmädchen jener Stadt, und er entbrennt in Liebe für dasselbe. Aber auch ein junger Sparter, der eben zu Korinth mit einigen Freunden sich aufhielt, liebt das Mädchen, und will es besitzen. Durch Gewalt und Drohungen weiß er es einzuschüchtern, und steht auf dem Punkte, es von Korinth zu entführen. Der Athener, entflammt von leidenschaftlichem Zorne, stellt sich dem Nebenbuhler zum Kampfe und tötet ihn. Hierauf, um der Rache der Freunde des Getöteten zu entgehen, zieht er das willig folgende und seine Liebe erwidernde Mädchen mit sich fort, besteigt ungesäumt einen Kahn mit ihr und entflieht nach dem heimischen Athen.

Heiter fährt das Liebespaar den Strand entlang: voll seliger Lust das Herz des Jünglings, und das Mädchen strahlend in der Blüte seiner bräutlichen Jugend und Schönheit. Sie besitzt außer ihrem Liebreiz nichts, als das Blumenkörbchen, gefüllt mit frischen Blumen, wie sie es auf dem Markte zu Korinth am Morgen jenes Tages eben in Händen trug, als der Geliebte sie entführte. Die Perlen des Meeres sprühen um den Kahn und benetzen die Rosen im Korbe. Während aber der Jüngling einen mutwilligen Kuß auf die Lippen des Mädchens drückt, entgleitet der Blumenkorb über den Rand des Kahns ins Meer hinab, das Mädchen bückt sich hastig, ihn wieder zu erhaschen, indem sie allzuweit die Hand ausstreckt, schwankt der Kahn und die Ahnungslose folgt aus dem halbumgestürzten Fahrzeug dem Korbe hinab in die Meerflut. Mit verzweifeltem Ausruf wirft der Jüngling sich in die Wogen, erfaßt, eine Zeit lang mit diesen ringend, den Leib des Mädchens, und schwimmt damit dem nahen Ufer zu. Dort klettert er mühsam am Geklipp empor, den Leib der Geliebten mit der Linken fest an sich gedrückt. Nun bettet er sie auf eine flache Stelle des Felsgestades. Ihre Augen sind geschlossen, ihr Antlitz bleich, vergebens ruft er tausend Liebesworte ihr ins Ohr. Er hat nur einen Leichnam gerettet.

Den Tag lang starrt er regungslos auf die Entseelte, dann schickt er sich an, sie zu bestatten. Er höhlt ihr das Grab an der Stelle, wo er sie ans Land gebracht. Was begegnet da plötzlich seinem Auge zwischen den Felsen? Der Blumenkorb des Mädchens ist, auf den Wellen schwimmend, dieser Uferstelle zugetrieben worden, und ruht nun da festgehalten zwischen den Klippen. Er steigt hinab und traurig seufzend hebt er das zierliche, mit den frischen Blumen gefüllte Körbchen empor und stellt es, betaut von seinen Tränen, auf des Mädchens Grab. Er geht nach Athen und kehrt bald wieder zur verborgenen, vom Meer umrauschten Grabesstelle mit diesem einfachen Denkstein. Er richtet ihn hier auf, und darüber stellt er wieder den Korb mit den welkenden Blumen. Die Verborgenheit der Stelle sichert ihn vor unfrommen Händen, und auch der Akanthus hat, wie ihr seht, die Rolle des Beschützers übernommen, indem er Denkstein und Korb mit den Ranken seines herrlichen Laubes fast bedeckt."

Aufmerksam hörten die Mädchen die Erzählung des Kallimachos, und laut beklagten sie des jugendlichen Paares Trauerlos.

Aspasia aber sagte nach einer Pause: „Wie sehr deine Geschichte, Kallimachos, das Gemüt zum Mitleid anregt, kann ich doch auch dem Eindrucke mich nicht verschließen, welchen dieser schmale, flache Stein, dies Grabdenkmal, für welches die Natur weit mehr als die Kunst getan, auf mich, und gewiß auf alle machen wird, die es schauen. Wie zierlich rankt das vom Boden aufsprießende Laub des Akanthus sich um den anmutigen, mit welken Blumen gefüllten Korb über der weißen Marmorplatte! Ist dies nicht eine jener Gestaltungen, welche der Natur gleichsam in spielender Laune gelingen, und welche kaum ein Bildner jemals so reizend ersinnen würde?"

Kallimachos antwortete nicht, aber er war von einem Gedanken wie von einem Blitze durchzuckt.

Er starrte eine Zeit lang auf den laubumrankten Korb, dann rief er, zur Milesierin gewendet:

„In der Tat, o Aspasia – dieser anmutvoll umrankte Korb ist eines jener Gebilde, für welche, wie du früher sagtest, der Bildner die Augen offen behalten muß, weil er von ihnen lernen kann ..."

„Und weil er vielleicht in ihnen finden kann," fiel Aspasia lächelnd ein, „was er mit vergeblicher Anstrengung lange gesucht hat."

Begeistert verbreitete sich Kallimachos nun sogleich über das, was seine Seele erfüllte.

Während er aber der Milesierin die in ihm erweckte Idee

des neuen Säulenschmuckes auseinandersetzte, welcher in der Tat berufen war, siegreich in der Welt des Schönen hervorzutreten und dessen Ruhm mit dem Namen des Kallimachos für immer verknüpft bleibt, verloren die Mädchen sich, um Blumen zu pflücken, mit welchen sie das Grab der jungen Korintherin zu schmücken gedachten.

Bald gaukelten sie wieder fröhlich umher am Gestade, Nymphen des Meeres ähnlich, unter welchen die Rolle des neckenden und haschenden Triton Alkibiades erneuerte. Allmählich aber begann die Sprödigkeit und Zurückhaltung der an einsamer Uferstelle zurückgebliebenen Kora auf den mutwilligen Jüngling einen größeren Reiz zu üben, als die Munterkeit ihrer Gespielinnen.

Daß er eine scherzende Unterredung mit dieser suchte, daß er gegen ihren Willen mit ihr sich belustigte, merkte die reizende Simaitha ohne irgendwelche Regung der Eifersucht; denn auch darin war sie das Ebenbild ihrer Meisterin, daß sie für solche Leidenschaft nur wenig Raum hatte in ihrer siegesstolzen Seele. Auch sie schien nur jener Liebe fähig, welche die heitere Ruhe des Gemütes nicht bedroht. Und welche verächtliche Nebenbuhlerin war überdies das Hirtenkind für die glänzendste Perle der Schule Aspasias!

Weltentrückt erfreuten sich jene dort der holden Stille dieser Meeresbucht, welche, wie es schien, durch nichts in der Welt gestört werden konnte.

Und doch waren auf die zwanglos Fröhlichen feindselige Augen fernher lauernd gerichtet.

Als jenes Megarerfahrzeug an der Lustgondel des Alkibiades vorübergefahren war, hatten die Männer, welche sich darauf befanden, einen spähenden Blick in dieselbe geworfen.

Nachdem sie daran vorbeigekommen, sagte einer von ihnen erregt und hastig zu seinen Genossen:

„Habt ihr den Athenerjüngling gesehen, der da mit jungen Hetären auf dem Meere sich umhertreibt? Das eben ist jener freche, nichtswürdige Mädchenräuber Alkibiades! Ich erkenne ihn! Mehrmals habe ich zu Athen ihn gesehen. Und unter den jungen Mädchen war Simaitha – die geraubte Simaitha!"

„Wie?" riefen die megarischen Männer, heftig erglühend, „wie? dies ist jener Verwegene, der das Mädchen aus dem Landhause des Psaumias raubte, und der seines Raubes noch immer ungestraft sich erfreut?"

„In der Tat", sagte jener, „freut er sich noch seines Raubes ungestraft, denn er steht unter mächtigem Schutze. Vergebens waren, wie ihr wißt, alle Bemühungen des Psaumias und seiner Mitbürger, welche die Auslieferung des Mädchens von den übermütigen Athenern verlangten. Glauben diese Athenerhunde nicht von jeher, des megarischen Gemeinwesens spotten zu dürfen? Es wird die Zeit kommen, ihnen zu beweisen, daß sie mit Unrecht die Dorerstadt an ihren Grenzen verachten. Für jetzt aber, Freunde, müssen wir, was Simaitha betrifft, die Genugtuung uns nehmen, zu welcher die Gelegenheit in dieser Stunde sich bietet. Auf jenem Lustfahrzeuge befinden sich neben dem unbärtigen Mädchenräuber, einem andern unbewehrten Manne, und den wenigen Rudersklaven, nur Weiber. Unser aber sind genug, um das ganze Schiff, wenn wir es angreifen, wegzunehmen, jedenfalls aber Simaitha zurückzurauben und sie nach Megara mit uns zu entführen."

Dieser Anschlag gefiel den megarischen Männern. Während sie berieten, wie sie das Schiff angreifen wollten, war die Genossenschaft des Alkibiades in der kleinen Felsbucht gelandet. Die Megarer bemerkten dies aus der Ferne.

„Desto besser!" sagte ihr Führer. „Wir werden hier unser Schiff am Strande verbergen, und unsere Beute auf dem *Lande* verfolgen. Der größere Teil von uns, wird das Fahrzeug verlassen, um jenen einzeln sich näher zu schleichen, und dann etwa zu Zweien am klippenreichen Gestade, wo jene sich zerstreut umhertreiben, in den Hinterhalt zu legen. Leicht wird es uns fallen, im rechten Augenblick hervorzubrechen, und des Mädchens, auf welches wir es abgesehen haben, uns zu bemächtigen, ohne daß die beiden athenischen Jünglinge und ihre Rudersklaven es verhindern können, ja vielleicht ohne daß sie es merken. Denn wenn wir den Moment erlauern, wo Simaitha getrennt von ihren Gespielinnen, und die Aufmerksamkeit der Männer anders wohin gewendet ist, so gelingt es uns vielleicht, Simaitha völlig unbemerkt aufzuheben, und wir sind dann vor jeder Verfolgung sicher. Jene wissen dann nicht wohin das Mädchen gekommen, bis wir den Raub in Sicherheit gebracht. Müßten wir aber Gewalt anwenden, so wäre zu fürchten, daß jene Jünglinge doch vielleicht durch ein des Weges kommendes athenisches Fahrzeug Verstärkung erhalten, und daß man uns den Raub noch bevor wir das Schiff erreicht haben oder auf dem Meere selbst wieder abjagt. Darum also lasset uns Vorsicht brauchen, und aus dem Hinterhalte die günstige Gelegenheit erlauern!“

So sprach der Führer des megarischen Fahrzeuges, und die Männer taten, wie er sie anwies. Sie verbargen sich einzeln oder zu Zweien am Ufer und auf den Hügeln und blickten aus ihrem Versteck scharf beobachtend auf die arglos Schwärmenden.

Lange wollte der für die Megarer günstige Augenblick nicht kommen. Endlich geschah es, daß Simaitha, Drosis und Prasina, Blumen pflückend, einem umbuschten Felshange sich näherten, hinter welchem einige von den Megarern sich verborgen hielten. Alkibiades war in weiter

Entfernung mit Kora beschäftigt und Kallimachos noch immer in Gesellschaft Aspasias bei dem Grabdenkmale des korinthischen Mädchens.

Die Megarer stürzten hervor, um sich geraden Weges auf Simaitha zu werfen.

Diese, als sie die wild aussehenden Männer plötzlich auf sich zukommen sah, entfloh mit Angstgeschrei, Drosis und Prasina folgten ihr, nicht weniger die Lüfte mit lautem Hilferuf erfüllend.

Simaitha aber kam den beiden Gespielinnen weit voraus auf ihrer Flucht. Schon hatte sie beinahe die Stelle erreicht, wo Alkibiades verweilte. Dieser, sowie Kallimachos und auch die Ruderer unten bei dem Schiffe, vernahmen das Angstgeschrei der Mädchen und eilten rasch herbei. Alkibiades trug beständig einen Dolch, diesen zog er hervor, auf die Räuber in Gesellschaft der mit Ruderstangen bewaffneten Sklaven loszugehen.

Aber nicht ohne Beute wollten die Megarer vom Platze weichen. Sie haschten und ergriffen, da ihnen Simaitha entgangen war, die Genossinnen derselben, Drosis und Prasina, welche in ihrer Angst, gescheuchten Tauben ähnlich, nicht so sicher den Weg der Flucht gefunden hatten.

Gefahr in der Säumnis erkennend, und aus den früher erwähnten Gründen offenen Kampf vermeidend, rissen die Megarer Drosis und Prasina mit sich fort, hinunter ans Gestade, warfen sich mit den beiden in ihr Schiff und eilten der Bucht von Megara zu, bevor Alkibiades mit den Helfern seine Barke zu ihrer Verfolgung besteigen konnte.

Dennoch wollte der Zornentbrannte sich blindlings in sein Fahrzeug stürzen, um den Räubern nachzueilen. Aber als er sich dazu anschickte, erhoben die Mädchen ein lautes Geschrei, wehklagend, daß sie am Ufer verlassen und vielleicht noch lauernden Feinden preisgegeben würden. Sie aber mit sich ins Fahrzeug zu nehmen, und so den Feinden nachzusetzen, war ihm nicht minder verwehrt durch die Angst der Mädchen, welche in solcher Art dem Feinde als Beute gleichsam entgegengeführt zu werden vermeinten. Kallimachos, die Ruderer und Aspasia vor allen, gaben ihm zu bedenken, daß die Verfolgung unmöglich, und daß der Mittel und Wege genug sich finden würden, den Übermut der Megarer zu züchtigen.

Aspasia war beim Anblick jener Tat der Megarer bleich geworden, und rasch war dem Erbleichen ein zorniges Erröten gefolgt. Nun aber war sie als erste wieder gefaßt und ruhig; fast lächelnd forderte sie den Alkibiades zur unverweilten Heimkehr auf und eilig bestiegen alle das Fahrzeug.

„Rache den Megarern!“ rief Alkibiades und schleuderte, aufrechtstehend im Fahrzeug, während es vom Ufer stieß, einen Becher gegen das scharfe Felsgeklipp.

„Wie dieser Becher am Geklipp, wird Megaras Zwergentrotz und der Trotz aller seiner Stammesgenossen schmählich zerschellen an der Felsenstirn der athenischen Akropolis!“

Biographisches

Auszüge aus der Biographie zur „Volksausgabe" von Dr. Michael Maria Rabenlechner (1900)

Robert Hamerling – oder wie der Dichter eigentlich von Haus aus hieß - *Rupert Hammerling*, erblickte zu Kirchberg am Walde, einem freundlichen Marktflecken im niederösterreichischen Waldviertel nahe der böhmischen und mährischen Grenze, das Licht der Welt. Zur Zeit, als das Kind ins erste Dasein trat, betrieb der Vater ein schlichtes, doch ausreichende Existenz gewährendes Weberfaktoreigeschäft. Ja sogar ein kleines, dreizimmriges, ebenerdiges Häuschen war ihm zu eigen. *24. März 1830* – 20 Minuten vor 8 Uhr abends „unter einem heftigen Regengusse" – war unser Dichter in eben diesem Hause, Kirchberg am Walde Nr. 88, geboren worden! – Gegenwärtig steht an seiner Stelle ein schöner Giebelbau mit einer Erzbüste des Dichters vorm Eingange.

Zwei Jahre ungefähr nach der Geburt des Knaben bricht mit einem Male der Sturm des Unglücks mit ganzer Wucht hinein ins Elternhaus und fegt erbarmungslos die Insassen aus ihm. „Schmerzgebeugt ging eine noch junge, aber bleiche Mutter mit einem Kinde auf dem Arm aus diesem Hause, gleichsam in die Verbannung und ins Elend hinaus. Drinnen stand der Webstuhl still, an welchem ihr junger Gatte gesessen und das Gewebe ihres häuslichen Glückes gewoben hatte.

Von seinem zweiten bis zehnten Lebensjahre verweilt der kleine Blondkopf an der Seite seiner Mutter in dem

Kirchberg nahe gelegenen Dorfe Großschönau. „Den Vater des Kindes führte sein Schicksal vorläufig in die Fremde", die Mutter findet mit dem Kinde bei einem verheirateten Bruder in eben jenem Dorfe Großschönau Asyl. Es sind Kinderjahre dunkelster Armut. Und nur wenige Stunden erhellen gleich Sternstrahlen diese Nacht. Doch in dem Knaben lebt die Natur und das Empfinden. Und der Hauch jener hohen gegenstandslosen Sehnsucht zittert schon damals durch das ihn umflutende Licht ... „Zu den bedeutsamsten aber freilich am schwersten mitteilbaren Erinnerungen meiner Knabenzeit, gehören die oft seltsamen Stimmungen, die teils als lebhafte Eindrücke und Anregungen des Moments, meist vom Naturleben um mich herausgehend, teils als wache Träume und Ahnungen durch die Seele des umherschweifenden Knaben zogen. Der Mystiker Jakob Böhme erzählte von sich, daß der höhere Sinn, das mystische Geistesleben auf wunderbare Weise in dem Momente bei ihm erweckt worden sei, als er sich träumend in den Anblick einer in hellem Sonnenlichte funkelnden zinnernen Schüssel versenkte. Vielleicht hat jeder geistige Mensch so eine Jakob Böhmel'sche Zinnschüssel irgendwelcher Art gehabt, von welcher seine eigentliche innere Erweckung sich herschreibt. Ich erinnere mich sehr lebhaft an einen gewissen Abend, an welchem mir – ich mochte sieben Jahre zählen – als ich einen Bergabhang heruntergging, der Sonnenuntergang im Westen wie eine Wunder- und Geistererscheinung entgegenleuchtete und mein Gemüt mit einer unvergeßlich-merkwürdigen Stimmung, mit einer Ahnung erfüllte, die mir heute wie eine Berufung erscheint und in welcher mein ganzes künftiges Geschick sich spiegelte. Ich eilte mit gehobener Brust einem unbekannten Ziel entgegen und zugleich lag eine Schwermut über meiner Seele, daß ich hätte weinen mögen. Wäre jener

Moment ein aus seinen nächsten Bedingungen erklärlicher, nicht in seiner Art einziger gewesen, er hätte sich gewiß nicht so unauslöschlich in mein Gedächtnis eingegraben."

Das siebente Jahr bildet überhaupt einen Markstein in seinem Leben. *„In meinem siebenten Jahre machte ich meine ersten Verse"* – bekennen die „Stationen". Diese Verse aber sind uns nicht mehr erhalten. Damals aber werden sie wohl den Weg ins Stift Zwettl gefunden haben, den Weg zu unseres Dichters Großoheim P. Ambros Haßlinger. Dieser würdige Kapitular des Stifts Zwettl beschließt, sich seines armen, doch so begabten Großneffen anzunehmen. Und obgleich der Knabe über keine hervorragenden Stimmittel verfügt, wird er auf Fürsprache P. Ambros' doch aufgenommen als Sängerknabe ins Cistercienserstift. Von 1840 bis 1844 verweilt er hinter diesen Klostermauern und genießt daselbst nicht bloß Verpflegung, sondern auch den Unterricht der vier ersten Gymnasialklassen gegen die Verpflichtung, mit seinen fünf Kollegen den Kirchengesang auf dem Chore der Stiftskirche zu besorgen.

Ein seltsames Innenleben keimt in ihm während dieser vier Klosterjahre im Stifte Zwettl.

Freilich die Konviktsordnung der Sängerknaben ist poetischer Produktion und frühzeitiger Gemütsentfaltung keineswegs grün, aber Hamerling hat im Stifte ja auch einen herzensguten väterlichen Freund, dem der strenge Sängerknabenpräfekt als Priester es nicht verweigern kann, sich des Knaben außerhalb des Konvikts anzunehmen und seinem Gemüte tiefen Eindruck zu leihen. Dieser Gönner ist aber nicht unseres Dichters eben erwähnter Großoheim, der ewig-heitere Stiftsbibliothekar P. Ambrosius Haßlinger – denn „auf das Gemüt eines geistig und seelisch erregten Knaben drückt, besonders wenn er sich äußerlich eng umschränkt und in sich zurückgewiesen findet, etwas Ahnungsvolles; Welt und Menschenleben werfen gleichsam ihren Schatten in sein Inneres voraus, und so ist ihm der Ernst früher verständlich als die Heiterkeit.“ Dieser gutherzige väterliche Freund ist vielmehr ein streng asketischer Mönch, der schon in Großschönau als Katechet in der Schule das helläugige Kind lieb – und Einfluß auf dasselbe gewonnen und nunmehr im Stifte dem Knaben die erste Form seines Ideals – das Religiös-Schwärmerische – vorzauberte: P. Hugo Traumihler verstand es als der einzige Insasse im Stifte „dem Schüchternen die Zunge zu lösen, ihm sympathisches Vertrauen einzuflößen und ihn nach manchen Seiten hin gar wundersam anzuregen.“

Also nicht bei seinem weltlustigen redseligen Großoheim, nicht in der lärmenden Gesellschaft seiner fünf Kameraden bei polterndem Spiel und Balgerei mit diesen –: in des *Asketen* Gesellschaft befand sich das Dichterlein wohl; in P. Hugos frommer Zelle versenkte sich freudig das junge Herz in die wonnigen Abgründe der Betrachtung und empfand heilige Schauer der Mystik, Stimmungen des Gemütes, die Robert Hamerling zwanzig Jahre später nicht so hätte erfassen und darstellen können ohne eigenes Erlebnis im Kloster („Der König von Sion“ IV. Gesang: „Die Nonne“). Und wie der fünfzigjährige Poet im Gespräch zu seinem Freunde Dr. Bruno Brukner selber jene Stimmungen zu dem *innerlichsten* Erlebnisse seiner Seele gerechnet, zählen, auch die diesem frommen Empfinden entsprungenen Poesien des Sängerknaben, die ja zum Großteil bereits Veröffentlichung gefunden haben, zu den innerlichsten Produkten seiner uns erhaltenen poetischen Erstlingsversuche.

Jahre sind es demnach voll lichtester Glückseligkeit, diese Zeit seines Aufenthaltes im Stifte Zwettl. Aber sie geht vorbei und es heißt wandern, „aus dem Kloster in die Welt!“

In die Welt, in die geräuschvolle große Kaiserstadt an der Donau, wohin seine Eltern – die Mutter als Näherin, sein Vater als herrschaftlicher Diener – dem Sohne vorangezogen! So wird also das magere Päckchen geschnürt und der liebgewordenen Stille Abschied gesagt. Denn die Zukunft ist für ein armes Kind ja so ungewiß! Und das empfindet der frühreife Knabe tief und deutlich. Indes – eine Hoffnung in die Zukunft darf der Knabe doch aus seiner Waldheimat mitnehmen nach Wien, und noch dazu eine nicht wenig stolze Hoffnung! In Kirchberg am Walde war der Bruder seines Vaters daheim. In dessen Hause wohnte die Harfenmeisterin der französischen Prinzessin Luise, Tochter der Herzogin von Berry; das Schloß in Kirchberg am Walde gehörte nämlich Karl X. von Frankreich, beziehungsweise seinen Erben, und das zahlreiche Gefolge wohnte in und um Kirchberg. Bei einem Besuche nun, den einst das dreizehnjährige Bürschchen seinem Onkel gemacht, waren der Harfenmeisterin durch Zufall Verse des Knaben in die Hand gefallen, die sie auf ihn aufmerksam machten. Ein Gedicht desselben, später „*das verlassene Kind*“, erregte ihr besonderes Wohlgefallen so sehr, daß sie die Strophen der Prinzessin Luise zeigte. Diese las sie in gleicher Bewunderung und nannte die Mutter eines solchen Kindes gerührt: „Eine glückliche Mutter!“

So ist also Hamerling in Wien, um weitere Fortbildung zu genießen. Zunächst vollendet er die Gymnasialstudien durch Absolvierung der beiden Humanitätsklassen. Er besucht das Schottengymnasium und war ein fleißiger Student. Daneben vernachlässigt er aber die Poesie nicht. War er im Stifte Zwettl nur schüchterner Lyriker gewesen – jetzt streckt er seine Hand nach dem dramatischen Lorbeer aus. Als eine Vorübung dramatisiert er Luise Brachmanns Ballade „*Columbus*“. Dann aber dichtet er eine große fünfaktige Tragödie „*Die Märtyrer*“ in fünffüßigen reimlosen Jamben – eine Verherrlichung der vom frommen Knaben so heißverehrten christlichen Blutzeugen.

Oktober 1846 geht unser Dichter in Wien zu den akademischen Studien über, indem er sich in die vormärzlichen Jahrgänge der philosophischen Fakultät inscribieren läßt. Obereifrig freilich hat er die Vorlesungen nicht frequentiert! Denn zum Petrefact ja eingestarrt, war damals das österreichische Hochschulleben – Satire nur auf Fortschritt und Wissenschaft strebsamen jungen Geistern! Dafür aber saß er um so eifriger in den Leseräumen der Hof- oder Universitätsbibliothek, autodidaktisch so sich aneignend, was seine Wißbegier so heiß suchte, und was in den Auditorien der Universität nur als Zerrbild geboten ward.

Dezember 1846 faßt ihn mit Begeisterung der Plan zu einer nationalen Tragödie „*Hermann*“. „Ich fühlte mich früh von nationaler Begeisterung durchglüht und huldigte einer *edlen* Auffassung des Deutschtums“, bekennen die „Stationen“. „Von nationaler Begeisterung durchglüht!“ Unser Dichter war 1844 nach Wien gekommen. Es war dies damals bereits eine Zeit, wo es sich in den Geistern zu regen anfing in gewaltiger Opposition gegen die unhaltbaren Zustände des „Regimes“. Vor allem in den jungen Geistern. Ich weiß nicht, ob auch die damaligen Humanitätsklassenschüler jener neue Geist bereits erfaßt – sicher aber bin ich dessen, daß die Zöglinge des Schottengymnasiums von ihren Lehrern nichts darob hätten zu befürchten gehabt. Und wie der Hort edlen, mit dem Stande katholischen Priestertums recht wohl vereinbarten Fortschrittes – ist das Wiener Schottenstift und sein Gymnasium allezeit und noch heute Pflegestätte wahren *Deutschtums*. Auch in Robert Hamerling hat sich während der zwei Jahre seines Schottengymnasialbesuches das schlummernde nationale

Fühlen entfaltet. In einer sechsstrophigen Ode leiht seinem Nationalismus der jugendliche Dichter – er befand sich damals in der zweiten Humanitätsklasse – glühend begeisterten Ausdruck.

Und nun, wenige Monate später, will er den Befreier Deutschlands zum Helden einer Tragödie schaffen; ein Plan, mit dem er sich mehrere Monate trägt, ihn aber schließlich nur darum nicht zur Ausführung bringt, weil er sich in richtiger Selbsterkenntnis der Bewältigung eines so großartig zurechtgelegten Stoffes nicht gewachsen sieht; denn er hatte sich wie der bereits veröffentlichte Plan zu dieser Tragödie beweist, fürwahr keine leichte Aufgabe gestellt. Also entsagt Robert Hamerling allmählich der „Hermann"-Idee völlig, läßt aber an deren Stelle im Laufe des folgenden Jahres gemach einen anderen treten – „Aurora", darin auch die Gestalt des „Ahasver" verflochten, ein Beweis, daß diese Sagengestalt schon damals seine Phantasie beschäftigte.

In dieser Zeit gehört Hamerling auch einem kleinen literarischen Klub an, den eine Anzahl von jungen Leuten als „Dichtergilde Teutonia" gebildet. Durch seinen Jugendfreund Anton Bruckner, mit dem er gemeinsam Leid und Freud seiner ersten Wiener Zeit teilt, wird er in sie eingeführt. Allwöchentlich kam man da zusammen, jeder der Mitglieder las einen poetischen Beitrag vor und legte zugleich eine Abschrift auf den Tisch des Hauses. Diese Manuskripte wurden dann unter den Anwesenden zwecks schriftlicher Kritisierung verteilt. Unser Poet brillierte in dieser Vereinigung so sehr, daß ein „Teutonia"-Mitglied namens Czedik (der nachmalige Generaldirektor der österreichischen Eisenbahnen Freiherr von Czedik) an den ihm befreundeten Redakteur der Brünner Zeitschrift „Moravia" eines der Gedichte unseres Poeten, betitelt „*Am See*", sandte. Und das Gedicht ward akzeptiert und erschien im 11. Jahrgange dieser (natürlich längst nicht mehr existierenden) Zeitschrift in der Nummer vom 11. Januar 1848 – als das erste Werk, das von Robert Hamerling gedruckt worden ist.

Tausend gold'ne Sterne blinken
Von des Himmels blauer Höh',
Tausend gold'ne Sterne winken
Aus dem spiegelglatten See.

Aus der Höhe winken Sterne
Mich von dieser Erde weg,
Ach, umsonst! Nach eurer Ferne
Baut mir niemand einen Steg! –

Aus der Tiefe winken Sterne
In die Wogen mich hinein,
Ach ihr trügt, wohl käm ich gerne,
Doch ihr seid nur nicht'ger Schein.

Arges Schicksal, das an Tücke
Tantals herbem Lose gleicht,
Der die Labung mit dem Blicke
Nur ersieht, nie selbst erreicht.

Ja ihr pflegt, ihr gold'nen Sterne
Unsers Glückes Bild zu sein,
Was der Himmel hat, ist ferne,
Was die Erde hat, ist Schein.

Dem Leser von „*Sinnen und Minnen*" wird dieses Gedicht ein Stück Beweis sein, wie berechtigt der Dichter diese Liedersammlung „ein Jugendleben in Liedern" nannte. Das Gedicht mag ihm dann aber gleichzeitig auch als Beispiel dienen, wie für die Veröffentlichung in dieser Sammlung Robert Hamerling seine ersten Jugendgedichte formverbessernd; verändert und gefeilt.

Damals schon ist es auch, daß dem Dichter es endgültig klar wird, daß sein Innenleben entschieden andere Form angenommen: seine heiße Sehnsucht, Priester zu werden, ist nicht mehr! Mit diesem Wandel Hand in Hand geht eine überaus lebendige Entwicklung des philosophischen Interesses, und er gibt sich an dasselbe mit einem Eifer hin, der in Robert Hamerling zeitlebens niemals mehr erlahmte. Ja von nun an trägt die *Philosophie* dem Dichter stets die Fakkel voran. Siebzehnjährig bereits beschäftigt er sich so mit einem didaktischen Märchen Atlantis, in dem er – halb in Prosa, halb in Versen – seine philosophischen Ansichten niederzulegen gedenkt. „Vor allem sollten darin die Ideen der Schönheit und der Liebe als die höchsten verkündet und gefeiert werden." „Es wäre", heißt's gleichzeitig in seinem Tagebuch, „eine eigentümlich schöne Idee, sich selber von außen und von innen zum Kunstwerke zu machen! – Es ist Hauptgrundsatz meiner philosophisch-ästhetischen Ansicht, daß vollkommen allseitige Entfaltung seiner Wesenheit die Pflicht und der Zweck jedes Naturindividuums sei, und eben dieselbe macht die *Schönheit*."

Seinen Pflichten als Mitglied der akademischen Legion ist Hamerling nachgekommen: auf dem Glacis wurde in Zügen, Kompagnien und Korps fleißig exerziert, auf der Universität fleißig Wache gestanden! Aber während auf der Wachstube der Universität seine Kollegen zigarrenwolkendampfumhüllt in rauhen Lauten politische Dispute führten – lag er oft einsam abseits auf der harten hölzernen Pritsche – halbwach in stiller Träumerei. Da entstanden dann in solchen Stunden Gedanken, wie solche der Artikel bietet, den unser Dichter achtzehnjährig am 21. Juli 1848 in Bauerles „Österreichischen Courier" einrücken ließ.

„Möchten" – heißt es in diesem, „*Die Aufgaben des Reichstags*" betitelten Artikel -„möchten doch die Freisinnigen, statt mit Haß und Feindseligkeit, mit Sanftmut und Offenheit sich an jene wenden, die, weil sie nun so plötzlich vieler alter Vorurteile und Privilegien sich entäußern müssen, die Idee der Freiheit nicht vom besten Gesichtspunkte aus betrachten; mögen sie mit der überzeugenden Kraft des vernünftigen und zugleich liebevollen Wortes an die Herzen dieser uns entfremdeten Brüder sprechen, und wir sind überzeugt, daß sie dann, wenn sie nur einmal den Ruf der Zeit zu verstehen und zu würdigen gelernt haben, freudig mit uns diesem Rufe folgen werden. Mögen alle bedenken, daß den Haß auf der ganzen weiten Erde nichts versöhnen und besiegen kann, als die Liebe ... Wir glauben fest und sprechen es unumwunden aus: Was uns aus den Wirren der Gegenwart retten, was allen Weltschmerz versöhnen, was die Blüte der Humanität im Menschengeschlecht zur Entfaltung bringen und das zukünftige allgemeine Reich des Friedens begründen wird, das ist nächst der Freiheit und Wahrheit hauptsächlich *die gegenseitige, aufopfernde Liebe ... Der Quell alles Menschenwohles ist die Liebe.* Ohne die Liebe ist für uns selbst die Freiheit ein unseliges Geschenk, das uns ins Verderben stürzen muß. Die Liebe aber faßt schon die Freiheit, faßt schon alle Bedingungen des Völkerglücks in sich. Ich wünsche uns daher in diesen Tagen mehr noch als die Freiheit – *die Liebe.* Mag immerhin der trockene Politiker diese Worte als unpraktisch und zu sehr ins allgemeine gehend belächeln, und der flüchtige Leser sie als längst bekannt und oft ausgesprochen mit Gleichgültigkeit übergehen, es liegt doch in diesem Wort

Liebe das Prinzip aller Humanität und die Grundidee des moralischen Evangeliums der neuen Zeit, und ich wünsche mir die Stimme des Donners, um dieses göttliche Wort versöhnend in den Dissonanzenwirbel unserer Zeit hineinschallen zu lassen, alle streitenden Töne zum harmonischen Chore zu vereinigen."

August desselben Jahres verläßt er Wien und begibt sich, wie alljährlich, als Student in den Ferien in seine schöne Waldheimat. „Da spukte keine Reaktion, da war die Welt so schön, daß es an ihr schlechterdings nichts zu verbessern gab." Und indes sich während dieses Sommers der politische Dunstkreis auf Wien immer dichter und schwerer und unheilverkündend niederläßt, bringt Hamerling bezeichnenderweise in der Ferienidylle die „*Grundzüge der Theorie, nach welcher ich künftig zu leben gedenke*" zu Papier. – Auf persönliche Freiheit und Selbständigkeit zielend, und gegründet auf meine Ideen von den beiden Prinzipien alles Lebens: der *Schönheit und der Liebe*"

„Es gibt zwei Prinzipe: Ein schaffendes und ein bildendes. Jenes ist *Liebe,* dieses *Schönheit,* d. h. Vollkommenheit, erreicht durch gänzliche und harmonische Entwicklung aller im Individuum schlummernden Keime und Kräfte ... Die höchste Pflicht der Individuen ist: Förderung der All-Schönheit (vermittelt durch *All-Liebe*). Mittel hierzu sind ... erstens ... *Streben nach Selbstschönheit* (vermittelt durch *Selbstliebe*)! Wird realisiert durch Selbstentwicklung aller Kräfte – durch Festhaltung des Ichs (der Persönlichkeit) und durch Beherrschung der Verhältnisse, jedoch unbedingte Unterwerfung unter die Notwendigkeit und Pflicht ... zweitens ... Einwirkung auf die Schönheit *anderer* Naturindividuen, oft selbst durch Aufopferung der eigenen Schönheit und Persönlichkeit, wenn es der letzte Endzweck: *All-Schönheit* erfordert.

„Um das ‚Wie?‘ und ‚Wann?‘ der beiden Mittel wohl zu kennen, sind dem Menschen nötig: *Klare Begriffe* (Selbstbewußtsein – Vernunft)! Diese werden vermittelt *„durch philosophische Erkenntnis* (Sinn, Verstand, Studium) und durch Kunst, welche die Lebensverhältnisse klar macht, sie ans Ideal der Schönheit hält und überdies Ideale des Schönen darstellt.

Darnach ergeben sich also folgende Regeln:

Entwickele dich naturgemäß, ganz und harmonisch, durch Sorge für Gesundheit und Schönheit des Körpers und Entfaltung des moralischen, philosophischen und Kunst-Sinnes.

Halte deine Persönlichkeit fest, d. h. lasse die Außenwelt nie so gewaltig auf dich eindringen, daß sie deine Persönlichkeit (vernünftiges Ich, moralische Kraft und Freiheit) trüben oder gar vernichten kann! Hüte dich daher vor Leidenschaften. Suche im Gegenteile, statt von Verhältnissen beherrscht zu werden, sie selbst so viel als möglich zu beherrschen und für deine und anderer Schönheit (Vollkommenheit) auszubeuten.

Nur unter das Joch der Schönheits- (Vollkommenheits-) Pflicht, wie auch unter das der Notwendigkeit beuge dich; aber unter diese beuge dich unbedingt und geduldig. Suche selbst notwendigen schlimmen Verhältnissen noch etwas Gutes abzugewinnen.

Liebe jedes Naturwesen, übe gegen alle Güte und Nachsicht und werde allen nach Möglichkeit nützlich. Zürne nie.

Strebe nach klaren Begriffen. Hierzu verhelfen: offener Sinn und strenge Logik, Studium des Gegebenen, Studium und Prüfung überlieferter Kenntnisse, Selbstdenken.

Inhalt

Es gibt Menschen, die Zeit ihres Lebens völlig unbeachtet bleiben, gleichsam als würden sie auf einem andern Stern wohnen. Hätte es nicht diese Begegnung von Fercher von Steinwand mit Rudolf Steiner gegeben – wir wüssten heute nichts mehr von ihm.

Fercher von Steinwand

Werke

Wer sich jedoch die Mühe macht, auch nur Weniges aus den Fercherschen Werken zu lesen, der wird bald merken, dass man es mit einer mitteleuropäischen Geistesgrösse zu tun hat. Woran sich dies zeigt?

Bald 100 Jahre nach seinem Tode erweisen sich seine Dichtungen vom spirituellen Gesichtspunkt aus als nach wie vor gültig! Individualitäten wie Fercher von Steinwand könnten der grassierenden Orientierungslosigkeit des „modernen“ Menschen die Richtung geben.

1032 Seiten, Register, Leinen mit Schutzumschlag
ISBN 3-934399-05-3

Werner Kornmann
Winterbach

Aus einem Sonderdruck von 1994
im Deutschen Taschenbuch Verlag

Hans Baumann
Die Barke der Brüder

Ein Roman für die Jugend
aus der Zeit Heinrichs des Seefahrers.

Es ist die Zeit der frühen Entdeckungen um 1420–1450. Zwei portugiesische Fischerjungen werden vom Entdeckungsfieber gepackt – sie wollen nach Afrika. Am Hofe Heinrichs des Seefahrers finden sie Aufnahme und erhalten dort eine glänzende Ausbildung. Bei einem glücklosen Kriegszug gegen Tanger in Afrika macht jeder der beiden verschiedenartigen Brüder seine eigenen, schwerwiegenden Erfahrungen. Dann ist es endlich soweit: beide dürfen an einer Entdeckungsfahrt längs der afrikanischen Küste teilnehmen. Zunächst ist ihre Barke Teil einer mächtigen Flotte, deren Anführer den Hass der Afrikaner gegen die Weißen schürt. Dann beginnt der Vorstoß ins Ungewisse.